书写而世界　阅读以介入

今晚出门散心去

田嘉伟 著

目　录

秀山和巴黎之间的日与夜

七岁那年，我查出患有先天远视一千度。我们家没这个“传统”，难道小鬼投错胎了？起初，家人带我去湘西吉首治疗。但他们不放心那边的医疗水平，没辙，便开始了半年去一趟重庆的复查生涯。那时从秀山坐长途卧铺车到重庆足足需要二十四个小时。躺在臭气熏天的卧铺车里，唯一的乐趣就是数一路上钻了多少个隧道，一不小心睡着就会漏掉几个。车速虽然慢，但我还是担心它的安全，毕竟那是在盘山公路上，脚下就是万丈深渊。

车上的人怀着不同的目的去重庆，有去进货的，也有像我这样去看病的。一路上要收好几次过路费，到现在我还纳闷收费站那些工作人员上哪里吃饭。车开到酉阳、黔江、彭水县城时，经常上来几个新面孔，他们也是去重庆的。在车上待久了，总是昏昏沉沉，带的干粮也不想吃，只有等到洗车、加油或上厕所的时候才能下来呼吸几口新鲜空气，叫天天不应，叫地地不灵，也许我们是这星球上少数几个知道这片山水的人了。我不准父亲在车里抽烟，他只好趁着临时停车的机会下来点上一根。烟气浓重，扩散不开，直接就进了鼻子。有时没等悠哉抽完，司机就嚷着要发车。不管怎样，父亲又可以舒坦一段时间。

车行至武隆县，那里经常塌方，总教人提心吊胆。若不是那天坑奇景吸引了张艺谋来拍《满城尽带黄金甲》，武隆也是无人问津之地。车窗两边贴过来卖羊角豆干的小贩，都是些上了岁数的农妇，而不是马塞尔去诺曼底时见到的卖牛奶的少女。从重庆回去经过这里，父亲常常会买上几袋，便宜不说，家里人都爱吃，哄哄让我们在重庆买糖回去的小孩也行。

如果是早上从秀山出发，吃晚饭的点，车就能开到江口镇。路边有一家小餐馆，因为只此一家，便漫天要价——印象中有一次一碗白饭就要了我十块钱（也可能是我对其印象过于不好，记错了）——饭菜却极为难吃。有时干脆买方便面要点开水回车上吃，一路上不知道吃了几碗。

车过涪陵（就是何伟《江城》所写的那个涪陵），乌江渐次展开（但不是项羽自刎的那条乌江，这多少让我失望，不能吹嘘点历史）。从地图上看，涪陵距重庆已经不远了，但还得绕好几座山才能到。

就这样睡了醒、醒了睡。司机放的流行音乐总是能吵醒我（我到现在于音乐和饮食方面也是没什么品位的人）。第二天清晨差不多就到重庆了，车上的人卸下大包小包的行李，办各自的事去。

一路上难闻的汽油味和颠簸的感觉让我不停呕吐。有几次坐父母熟人的小汽车上重庆，车速更快，吐得就更厉害了，搜肠刮肚。想来，父亲经常护送高危病人去重庆医疗条件更好的医院，盘山公路上，救护车开足马力，他怎么受得了？有时，病人在途中就断了气，车子掉头，又急急往县城的方向开去。他说他习惯了，不颠簸更难受。

到重庆，我们住在简陋的旅馆里，偶尔去他同学家中住，他们晚上喝点小酒，发发人生的牢骚。1982年一起考上大学，同学中好些都留在重庆混迹了，父亲却回了老家成家立业。他的经历和作为职业医生的习惯让他把很多事情似乎都看透了。他不修边幅，随地吐痰，一声不吭，酗酒，嗜烟，一天抽一包，戒过几次，但没成功。有一次，他靠在床头语调凝重地说：“我已经中毒了。”

父亲是个老实人，好说话，以前常被上级差来遣去。但他在医疗下乡、抗击“非典”这样的时刻总是主动请缨到最前线。记不得杰克·伦敦在哪里说过：

“七岁的时候觉得父亲是世界上最伟大的人，十四岁的时候觉得父亲一无是处，等到二十一岁的时候，觉得父亲还是蛮不错的。”

父亲喜欢唱《真的好想你》这首歌。不知道这相思赋予了谁。母亲？我？朋友？重庆？多么丰富的能指。但我觉得这些可以替换的能指并不重要，重要的是有一个对象可以去思念，这很难得。

我在大坪医院接受检查。验光之前需要扩瞳，前后几天都不容易看清这个世界。医生在视力表上快速划拉（我多希望自己事先能把它背下来），然后在病历上写好治疗方法：每天照射半小时，描红半小时，穿针半小时，用眼罩遮住一只眼睛，左边三天，右边四天。我的左眼比右眼强点（左手和左脚也是），有些大小眼，加上弱视和斜视，很难矫正，几年下来，厚重的镜片和镜架把眼睛上下的轮廓都压垮了，至今我都不大敢正眼看人（城里人说这很不礼貌）。直到小学毕业，我都过着独眼龙的生活。每天坚持治疗，镜片越来越薄，镜架越来越轻，度数也就越来越低。后来中学几年又去复查了几次，才取得今天的视力。不过看书的关系，又反弹了些。几年前，最早给我看病的医生来秀山县医院交流，父亲提起我时，他居然还能想起，一晃二十几年，他们都老了。

其实谁愿意半年就这么来回颠簸一趟呢？所以我开出了条件，得有书可买，后来家里有了 VCD 播放机，就得有碟可买。1990 年代末的解放碑新华书店，每天早上开门前就排起长队。父亲带我去大坪医院看完眼科，就领我来这里。他顺便也买医学书，比如新版的《实用儿科学》，主编之一是胡亚美医生，他在北京儿童医院进修时见过这位挽救了许多白血病孩子生命的平易近人的大教授。

秀山书店的书都摊在一张大凉床上，虽然每个周末能买一本图画书，但还是没有几本。现在翻看那些年在重庆买的书和碟，不也幼稚极了？只是当时觉得比县城书店里的高级罢了。每半年买几本书，在回家的车上小心翼翼地捧着，兴奋。书没多久就看完了，下一轮期待复又开始。欲望永远在延宕，无法得到满足，像是去卡夫卡笔下那座城堡。书是洗也洗不掉的疤，但生不带来、死不带走，经不起火烧雨淋、蛀虫啃咬、后人废弃。

上了初中，一种叫“凯斯鲍尔”的大客车取代了以前的卧铺车。加上路程缩短，从秀山到重庆只要十二三个小时了。虽说一路都坐着，但也能睡着。怎么说也比以前好受不少。去重庆已经让我有些麻木厌倦了。重庆当时有一任市委书记是前交通部官员，那阵子重庆到湖南怀化的火车眼看就能通车。主管秀山铁路工作的姨爷邱知青尽了努力，但火车站还是从大站缩水成了一个中等站。

我上初中那阵子，去重庆读书的人还很少。我当时虽然成绩还将就，但也没想过要去重庆读高中。中考放榜后，母亲说我的成绩可以免费去南开中学读书了。为了奖励我，父母带我出去旅行。那时我迷恋唐诗宋词，想去诗词中多有吟咏的南京，他们也想见见早年下海去南京做房地产的朋友。但事有蹊跷，最后去了北京，南京也就成了十年一觉。当时渝怀铁路还没开通，如果不去江北机场乘飞机，坐火车去重庆再转火车到北京还是绕远，不如坐汽车到怀化再换火车直达北京快。于是我们托一个在秀山的湖南人买好了票。为了迎接奥运，北京各大景点尤其是故宫都在大修，赶上大热天，旅行社又坑蒙拐骗带我们去看狗皮膏药和赝品景泰蓝，进了北大又被旅游观光车骗了钱，一肚子的气，打死也不想再去北京。回到怀化，街上是车牌标着“湘”字的出租车，城市的空气质量给人的印象也不错，我忘了那家宾馆的名字，总之让我这个还在秀山县坐三轮车的乡下人觉得像是进了城。赶汽车，人坐不满就得等，从下午一直等到晚上，收钱的司机老婆也过意不去，上了车之后连忙给乘客们赔不是，就这样像打了烂仗一样，我从怀化回到了秀山。后来，我在《从文自传》里读到《怀化镇》，沈从文在那里当过兵，见过砍人头，上大学后课堂还讨论过王德威一篇与此相关的文章，说起来我们那一带真是穷山恶水。万州朋友听了我的家史，还一口咬定我是地方恶霸豪强。

去南开中学上高中，铁路要到高二才开通，此前都还是坐大客车。第一次数学考试不及格，哭得很直接，毕竟多年来在县城里多是拿第一名，落差有点大。父亲国庆节就来接我了。山上一块巨石滚了下来，擦车而过，好悬。车开到酉阳桃花源，已经离秀山不远了，结果出了故障，拖了得有半天，回到家已是10月2日晚上。匆匆安抚了几天，6日就又上重庆。我在高中每况愈下，半个月不到，父亲又来了。我以为他要接我回老家念书，实际上是母亲要做一个非常危险的手术，父亲没告诉我。他叮嘱了我几句，帮我洗了衣服，匆匆走了。一个小时过后，我忍不住给母亲打电话。当时他俩就要上车回家，母亲想我得紧，拉着父亲折回中学见我。坐在校门口，我和母亲哭得好厉害。高一结束了，失败得彻头彻尾。回家的车上我忘了带钱，又不好意思找陌生人借，快到秀山的时候撑不住找邻座要了一个苹果，立马又吐了，回到家狼吞虎咽。后来我才知道，当他俩再去搭车，母亲好不容易才有了个下铺。父亲在旁听着母亲叙述，想起生活的艰辛，想起我的不争气，伤心地哭了。这是我唯一一次看见父亲哭泣。高二开学转到文科班，临走时父亲的烟蒂不小心灼伤了我的手背。我一直认定这是这个沉默孤独的男人爱意的表达，是一种提醒、一种希望。其实身体的疼痛我是很怕的,比如那些小手术，护士经常扎错我的血管，能让我大叫大嚷，却流不出眼泪。只有心痛时，眼泪才会冲垮堤坝。

火车要试运行了，这样一来，去重庆就只需要六七个小时。我和一个现在在荷兰银行上班的发小半夜来到凤凰山脚下的火车站，家里托了点关系，硬生生把我俩推上火车头，像偷渡或翻过电网一样惊心动魄。那时一节车厢都没挂，眼望着窗外不时出现的那条少有人走的公路，想着即将失业的客车司机，想着那些要去新疆摘棉花贴补家用的农民工，这条公路宛如没有尽头的思念。

外地人知道重庆，顶多还知道一个涪陵或万州，知道秀山的，重庆市区的人都没多少吧？因为常年不看重庆地图，即使偶尔翻翻也形成不了概念。我有一个高中同学，答完初中毕业会考的重庆地理部分，很快就把它遗忘了。像哈代的威塞克斯、福克纳的约克纳帕塔法一样，像我最欢喜的几个来自西南部利穆赞山区的法国当代作家的故乡一样，这片邮票大小的土地有点与世隔绝，但其实它的条件非常好，只是没有得到很好的开发。可一开发，它就被破坏了，就像半个同乡的作家沈从文回到故乡时看到的光景，那个妓女撒野也淳朴的故乡不见了，不过是都会男女田园牧歌式的幻想罢了。而我就生长在这与世隔绝的县城中一个与世隔绝的准四合院里，唱歌，演独角戏，以树枝为剑，以扫帚为球杆。读了好些沈从文的书，近乎全集，那时候他还没有这么大名声，县城里的书店、酒店也都还没有挂上他的名号。

这些年故乡秀山和属花垣的茶峒为争夺“边城”的冠名权没有消停过。秀山把“边城”二字刻在一块峭壁上，县里的书店叫从文书店，酒店叫从文酒店，花垣则在河的另一岸把《边城》抄成了石头记。《边城》开篇就提到白河的源流从四川边境而来，从白河上行的小船，春水发时可以直达川属的秀山。此地民风野蛮淳朴，颇类似于科西嘉岛上的情况。

以前从秀山去重庆和成都，山高路远，往来不便，倒是湖南人多往这边跑。农贸和边贸市场，各种杂货店门市部里的人主要是湖南来的。有卖减价衣服的，有卖儿童玩具的，有卖体育用品的，也有卖醴陵烟花的，都住在一个大棚里，初见是本雅明的拱廊街，细看是金五星和动物园批发市场。秀山最早、最大、坚持了十几年的超市也叫“湘客隆”。湖南人卖东西给人的印象不错，口音很接近，但有时也会听不懂。小时候秀山只能收到中央台和湖南台。

每到春节我总会上街买一些湖南产的烟花。曾经有一种抢花炮的游戏，后来我念本科时选修了一学期英式橄榄球，规则相近。听说我们县代表团在少数民族运动会上取得过好成绩，我也梦想过当一名花炮运动员。

去年暑假，我在巴黎又补看了好几部侯孝贤的电影，他确实是阅读了《从文自传》后拍片子的导演，比如《童年往事》和《恋恋风尘》等。故乡是个山高皇帝远的三不管地区，如果看过1977年出品的少数民族大团结电影《连心坝》(导演是后来拍《围城》和《人·鬼·情》的黄蜀芹，女一号是演《庐山恋》的张瑜)，就知道它的位置了。它和湖南花垣、贵州松桃邻接，每年三个县都要联合举办春节晚会。我们那里的人，学习不一定好，但多能歌善舞，常打架斗殴，却待人真诚。也不知道从几岁开始，自己的血性就开始受到规训，连酷爱星座的朋友都觉得我的狮子座特征消弭了。自我认知是件很难的事。

坐六七个小时的火车(特别是那种双层绿皮火车)慢慢悠悠反而比之前受不了，几次搭半夜去市区的火车，睡在车厢的过道里。等进了城，有人找母亲问路，她条件反射地说:“不知道，我们本身就从乡下来的。”这种乡下人意识深深地刺扎在我的心里。边远少数民族高考的几分照顾分更让我受了不少歧视。到了冠盖云集的北京，刚上大学又年级倒数，还厚颜去领了一次贫困县学生补贴奖学金，过了四年“名不副实”的生活，像铁狮子坟上空的一只乌鸦。从高中起，游荡在校园和都市的夜色里就成了我的生活方式，因而专心致志念书的时间算不上很多。

许是存留了些初中毕业来北京的初次印象，一开始还不是很情愿，但后来在两所大学总共待了七年(再后来到巴黎念书，经历了一些曲折，北京反倒成了积攒的念想)。重庆市区到北京，特快要二十四个小时，其实不就跟小时候上重庆一样吗，怎么人长了见识后反而耐不住时间了？坐了一两次特快，就改廉价航班了。家里坐过飞机的人不多，父亲医院倒是组织他去过一次新马，不过那时就已经不是什么热门的旅游路线了。坐飞机便成了一件新鲜事，某次到云南旅游，旅行社买的是半夜的机票，母亲本来想看看天空、看看云朵，没想到窗外都是黑漆漆的(她该怎么跟学生们讲《看云识天气》这一课呢？），只能在候机大厅看着飞机起降。

读中文系这件事情倒是跟家里争吵来的。本来当初有个保送某高校法语系的机会，后来我放弃了。我最怕跟母亲争吵，她就像是莫里亚克小说《热尼特里克斯》里的母亲。我经常语带哽咽，不知该怎么说，只好诉诸文字。争吵后，她总是双目圆睁，牙齿打战，脸色苍白。她爱我已经到了“过分”的程度。我走丢过一次，还经常嚷着要离家出走。她希望我有一个良好的教育环境，不让我跟好些同学玩。秀山的教育水平在当时本就落后的重庆也是倒数，讽刺的是，井底之蛙的我还经常沾沾自喜。中国发生了什么，世界发生了什么，美国谁当选了总统，巴黎最近的寒潮……这些在我们那里都不是大家很关心的事。本来我是个匪徒，因做不了高贵的野蛮人而收受了哥伦布的贿赂远行。

读本科时，我也写过几首歪诗，还向朋友宣告过要像波德莱尔一样去塞纳河畔写诗，到底是年少轻狂说大话下不来台。西南山区的我们也总想到外面的世界（人们所说的“更好的世界”）去看一看。年轻的时候，人多是喜欢远行的，越远越好，以为那就是自由，而卡瓦菲斯在《城市》中写道："你不会找到新的土地，你不会找到别的海洋。/ 这城市会伴随你。/ 你会漫步在同样的街道。/ 而且你会在同样的邻里间老去，/ 你会在同样的房屋中白发。/ 你总会抵达这城市。/ 去别处——别抱希望——/ 没有载你的船，没有路。/ 你既已在这个小角落毁掉了你的生活，/ 你便已在整个世界摧毁了它。"

2008 年暑假，我去了湖南凤凰。凤凰其实离家很近，我可能是县城朋友中最晚去的吧。而张家界我们家就我和父亲还没去过。我站在虹桥上，听着吉他和手鼓伴奏的《喜欢你》，细雨碎了沱江一整夜。我放着河灯，想象未来的那个人是什么样子。从下游溯江而上，蹲坐在乌篷船头，油纸伞端手心，情歌方出口，后舷上撑篙的汉子，船底下脉脉的江水，一起泪流。我写了几首幼稚的诗，现在想起来，反倒是质朴的。

2011 年寒假，在等待硕士录取结果和找工作的节骨眼上，内心并不平静，我去了湖南龙山县看里耶秦简。那地方紧挨着秀山县石堤古镇，又差一点秀山就出名了。走在河岸边，鸡犬相闻，一片恬静。从地理位置来看，陶渊明笔下的武陵桃花源也就是这一带。但我是第一次从心境上觉得它便是心中的桃花源。境由心生，风光不比布列塔尼或普罗旺斯差。

现在从重庆回老家的渝湘高速公路又提速了不少，但故乡在心灵的地图上却越来越远了。其实我对故乡没有什么留恋，离开故乡也的确是我当初的想法。我的职业要求我“读万卷书，行万里路”，往后住在哪里于我是无太大所谓的。也许人只有在流浪的时候才能了解家的意义。少小离家老大回，很多人老大也不能回。当然也可以不回，因为人生不过是一场永恒的流浪，每个人看起来都还年轻，都还热忱，悲伤永生永世。只是这年轻、这热忱与悲伤真的不会被耗尽吗?

回家的路上，巴黎又下起了雪，纷纷扬扬。想起在纽约水牛城大学念语言学博士的硕士室友，不知他是不是快能用自己的名字给语言学的某颗小行星命名了。他这个习惯了孤独的人，每天坐着巴士在暴风雪里赶路的人，一定会笑话我：巴黎下点雪霰有什么好稀奇的？于是我给他背诵了罗智成的短诗《观音》:“柔美的观音已沉睡稀落的烛群里 / 她的睡姿是梦的黑屏风；/ 我偷偷到她发下垂钓，/ 每颗远方的星上都大雪纷飞。”

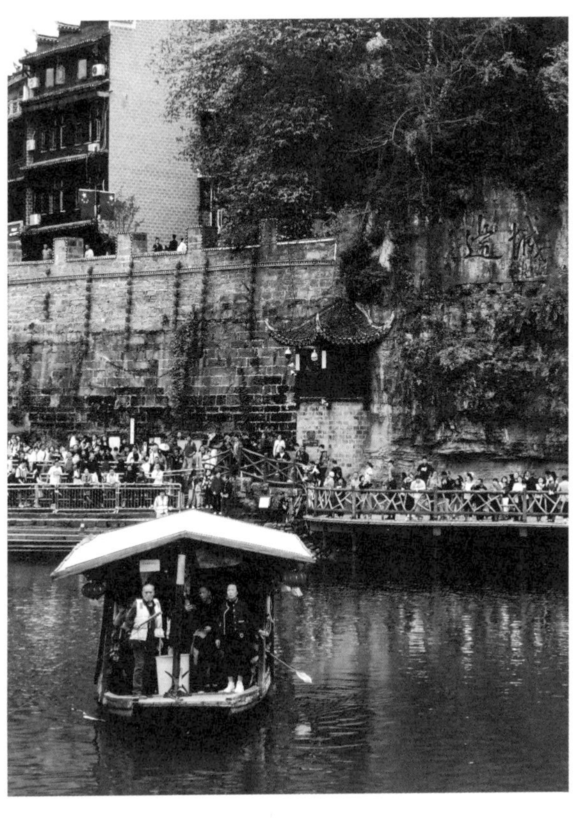

秀山洪安镇和花垣茶峒镇之间的渡船。

秀山这边石壁上刻有沈从文题写的“边城”二字。

想成为拿破仑的演员

我在高中二年级的历史教科书上给自己圈定了一个笔名：科西嘉。十六年过去了，这片领地没来过一个士兵。

拿破仑逝世两百周年，对于是否要纪念这位争议人物，法国内部各执一词。支持者当中有提出“记忆之场”的历史学家皮埃尔·诺拉。“七星文库”日前再版了1935年出版的《圣赫勒拿回忆录》。这本书曾在于连的手上和床头翻皱，他羡慕拉斯加斯这个留在皇帝身边的伯爵。

我记得中学时在重庆书城购买的光盘，译制为英语的法国电视剧《拿破仑》，执政官腹部瘙痒，冲冠一怒，却敌不过俄罗斯的漫天飞雪、滑铁卢的滚滚浓烟。结尾似乎如是：

拿破仑站在萨勒号战舰的船舷上，船就要驶离法国艾克斯岛前往圣赫勒拿岛了。他派遣拉斯加斯前去与英国海军谈判（也许是因为拉斯加斯的英语还凑合）。得令的伯爵穿上军装正要前去，拿破仑问道：“先生，您为什么一枚军功章都不佩戴呢？”

“可是，陛下，我一枚也没有。”

“您至少有一枚荣誉勋章吧？”

“没有，陛下。”

“这怎么可能？去找我的侍官马尔尚拿一个我的来。”

事实上，这本回忆录中记载的日常交谈从滑铁卢战败的第二天就开始了。拉斯加斯是拿破仑忠诚的仆人，是缪塞笔下失落的世纪儿中的一个。面对一个战败的枭雄，他没打算用笔完成主人用剑未能完成的伟业。

可是国王有两个身体，他的肉身死了，另一个身体还在，而诗人无可比拟的特权就在于他可以用他的方式做自己和别人。如同那些游荡的灵魂寻找一个身体，只要他想，他就可以进入每个人物的身体。有没有诗人进入过拿破仑的身体，我无法确考，但的确有不少演员渴望成为拿破仑。扮演一个他者，也是写一首诗。

拿破仑是电影史上被演过最多次的历史人物。马龙·白兰度、丹尼斯·霍珀、伊恩·霍姆……但没有哪一位演员对这个角色的激情有阿尔贝·迪厄多内那么多。

1889年，迪厄多内出生于巴黎的克莱贝尔大街。克莱贝尔曾追随拿破仑远征埃及，戎马倥偬，战功卓著。拿破仑和科考队从埃及返回巴黎时，克莱贝尔旋即被封为司令，只可惜第二年就在开罗被一名学生杀死了。

从孩提时代起，迪厄多内就着迷于各种关于拿破仑的叙述，一个帝国的神话不亚于古希腊神话里诸神的纷争，那片由文字构建的昔日荣光似乎比世纪末的巴黎更为真实。迪厄多内六岁时，卢米埃尔兄弟在里昂发明了电影。他有没有想过自己的形象会被三块银幕拼贴在一起？

他的爷爷阿尔弗雷德是一名剧场演员。按照今天的说法，他出生在一个演艺世家。迪厄多内十九岁就在剧场登台饰演拿破仑了。同一年，他作为配角出现在默片《谋杀吉斯公爵》里。这部由圣桑作曲的默片如今在案发地布洛瓦城堡里循环播放，而我在城堡里观看时并未留意片末的演员名单。

1920年代初，因对电影手法的革新而名满法国的导演阿贝尔·冈斯已经开始筹备《拿破仑》这部史诗级影片。这样大成本的制作,选角的工作尤为关键。冈斯想到好几个合适的人选,包括诗人莱昂-保罗·法尔格、德国著名演员维尔纳·克劳斯和未来成为导演的萨沙·吉特里等。

尽管迪厄多内已经在冈斯之前的几部电影里出演过，但他一开始并没有想到迪厄多内。后者对这段历史的如数家珍、对波拿巴的执迷与狂热最终感化了冈斯。导演还是有点犹豫,这样的大制作不能仅靠热情,更要考虑演员的专业性和知名度。直到一天晚上，迪厄多内像塔西佗的妻子走进罗马皇帝图密善的宫殿般走进了冈斯的办公室。当时，冈斯正在打磨电影脚本，忽然听到《麦克白》或《命运交响曲》里那样的敲门声。迪厄多内不打招呼前来试镜。他身着拿破仑的军装，个子比皇帝高一点。

他来了，他拉响了门铃。门卫来了，门卫打开了房门。

“这是什么？”门卫下意识问道。

“是波拿巴。”迪厄多内回道。

“波……波……波拿巴……”受到惊吓的门卫看着这个幽灵，开始结结巴巴。

“开门，笨蛋！”迪厄多内厉声呵斥道。

门卫吓破了胆，打了个寒战。迪厄多内顺势走进房间，站在一张大桌子边沿。冈斯对他说：“阿尔贝，现在，你说一段你要对意大利军队说的话。”

拍摄这部电影耗费了几十万米的胶片和两年的时间，其 4K 修复版长达五个半小时，但实际上它仅是十部里的第一部，只拍到雾月政变以前，而导演直到晚年才有机会再拍了一部表现奥斯特里茨战役的续集。

“士兵们，你们衣不蔽体、饥寒交迫……”迪厄多内熟稔地念着台词。在这样的气氛中，他完全沉浸在了角色里面，人戏不分。演员的仪表、眼神、姿势均在告诉导演冈斯，他已经找不到理由拒绝该演员饰演这个角色了。

电影中不少场景拍摄于科西嘉，尤其是拿破仑出生的首府阿雅克肖，这个较早之前还属于意大利的岛屿，有着介乎法语和意大利语的当地语言。岛上的居民热烈欢迎摄制团队。迪厄多内戴着假发、穿着戏服，漫步在阿雅克肖的街道上。人群里传出“波拿巴万岁”的欢呼声，现场一度陷入疯狂的境地。他很快被授予了荣誉市民称号。

摄制组还是遇到了不少困难，一场暴风雨的戏差点要了迪厄多内的命。当时，他站在一个小水池里，挂在摄影棚上近百桶的水冲泻而下，差点把他淹死。通不过还要重拍。

电影终于在1927年上映了，毁誉参半，有人为技术的创新、史诗的节奏和角色的某种“卡里斯马”击节叫好，有人却在几个月后到来的有声电影中把这部黑白默片弃之不顾。

拿破仑的幽灵从此再没有离开过迪厄多内的身体。电影上映次年，他写出政治小说《沙皇拿破仑》。他受邀做了多场关于拿破仑的讲座，参加相关的学术研讨会，乃至在1941年的电影《美丽夫人》里与当红女演员阿尔莱蒂搭戏，再次饰演拿破仑。

时间久了，人戏不分就成了传说。相比于电影上映后他已经疯掉的谣言，迪厄多内还是保持了一定程度的清醒。他懂得入戏也要出戏的道理，只在片场才对自己是拿破仑深信不疑。如果演员在此时都不相信角色附体，那他还演什么戏？

“准备好了吗？ Action！”导演在镜头后面一声令下，演员们就要冲锋陷阵。拍完一场戏，还要学会幽默和自嘲。

“我们应该叫你阿尔贝还是陛下？”一个观众提问。

“我偏好别人叫我陛下，习惯了。”说完，他自己都笑了，“我不是拿破仑附体的唯一之人，还有别人，但那些人都是冒牌货。”

迪厄多内“二战”后退居图尔地区的库尔赛村，安德尔河蜿蜒而过，河水一直通向巴尔扎克的幽谷百合。他常常叫上村民跟他一起外出打猎，穿上帝国时期的军装,射杀野兔。一些村民也会问他相同的问题：“我们应该叫你阿尔贝还是陛下？”

“我偏好别人叫我陛下,习惯了。”说完,他沉默了。

1976 年，“皇帝”迪厄多内行将就木，村民们遵照他的遗愿把这一身拿破仑的戎装作为他的丧服来下葬。尸体躺在厚实的乡村被子上，这一生存在的意义只是让人们想起了另一个人，最终不再有攻击性了，平躺在棺材里。村民们拿来火把，火光中闪耀着黑光。

2019 年，村子里的人穿上时代剧的军装，行经泥泞的乡村路，枪炮齐鸣，纪念这个逝去的可爱老头。风烛残年，他不再是踏过别列津纳河的至尊、马背上的世界精神，而是一个需要被照顾的小孩。

1840 年 12 月，拿破仑的骨灰从圣赫勒拿岛运回巴黎的第二天，巴黎一家精神病院收治了十四个自称拿破仑的病人。他们为什么不说自己是路易十四？拿破仑更好吗？奄奄一息的精神病学家埃斯基罗尔曾声称，他可以借助精神病院的登记表来讲述法国的历史。

拿破仑妹夫缪拉元帅的后人、作家洛尔·缪拉就此探索历史和疯狂之间的关系。她发掘了大量精神病人的故事，这些病人的妄想症似乎源于他们所处时代的历史或政治创伤，比如，一个钟表匠认为自己换了头，他原来的头在断头台上被取走了。与此同时，在大革命后的混乱时期，法国医生诊断出许多与时事相关的精神疾病，从“革命神经症”和“民主病”到复辟时期“野心家”骄傲的“自大狂”。缪拉追问：历史和精神病学、国家和个人的心理是如何相互联系的？

在法国的这些年，我去了不少外省的城市和村镇，连缀起来，算是绕着六边形走了一圈，也曾经深入内陆，到过图尔一带。可我尚未去过科西嘉。

读芭芭拉·卡桑《乡愁》的第一章“好客的科西嘉”，才知道她也把这个地方视为“一座不在我家又是我家的岛屿”。在一个面对屋顶、船只和大海的平台上，她的丈夫被安葬。也是在那里，并排着她未来的墓穴，它发出空洞的声响，置放在一片“不归我们所有 / 不属于我们的土地上”。

那座我所憧憬的高龙芭一样热情似火的美丽岛，它充斥械斗、复仇，渴求独立。我离它最近的一次是七年前的 4 月在尼斯的海岸边还没有发生恐袭的英国人散步大道。天使湾对面就是科西嘉了。本来想去，忽有一只利维坦横亘心中。而关于地方与地名的遐想，就留在也许比现实更容易接受的想象中吧?

我回来了。在那片土地上我依然没有写出像样的文字。我不再崇拜任何人，对于偶然分享了同一个出生月日的波拿巴，心情相比少年时也变得复杂。虽然不是在战场，但我还是输了，或许也输在尚有虚妄的好胜心。我没有带回一个士兵。

停放拿破仑灵柩的巴黎荣军院。

摄于圣母院大火一周后的赈灾音乐会现场。

卢浮宫的私人采购员

当拿破仑的左右手贝尔纳多特成为瑞典的国王，以查理十四的封号死去时，人们用防腐香料保存他的尸体，震惊整个欧洲宫廷的事情发生了：人们发现国王的手臂上有“国王去死”的刺青。

原来在法国大革命时期，贝尔纳多特是倾向共和的，这位看着路易十六被送上断头台的将军怎么也不会想到自己将会戴上王冠，就像爱情里的海誓山盟还是不要说得太早。“国王死了”，“国王万岁”。凯鲁比尼为国王谱写了安魂曲（二十年后，他又写了一支安魂曲，为自己）。

大革命过去二百三十多年了，法国早已不是世界的中心，只有对世界中心时间上的乡愁。

1785 年，距离大革命爆发还有四年，年轻的画家安托万 - 让 · 格罗走进了大卫的画室，成为大卫的学徒之一。他怎么也不会想到自己会在热那亚遇见约瑟芬，那个在情书里被科西嘉人拿破仑吻遍了全身的女人。从此，他成为这个大自己一岁半的科西嘉人的御用画家。

在巴黎的曩昔里，尤其是在周五的夜里，我常常去卢浮宫,那个威廉二世皇后想去而不得、终又在“二战”期间被德军占领的卢浮宫。古往今来的世界名画让人眼花缭乱，我曾经也幻想写出不用翻页的一目了然的文字。可是,面对伦勃朗的《圣马太与天使》——写作福音的圣马太遇到了险阻，天使在他的肩背上轻轻吹气，密授机宜——他成功了，我失败了。可是，面对戈雅的《费迪南·吉耶马尔代》——吉耶马尔代是塔列朗新任命的法国驻西班牙大使，年轻的法兰西共和国的象征，面对观众，闪烁着一个新兴国家知识分子的如炬目光，跷起二郎腿，悠闲自得——他成功了，我失败了。

我喜欢肖像画。在格勒诺布尔的法语学校里，我每周坚持修一门叫“20 世纪西方肖像画”的课，从给《追寻逝去的时光》画水彩插图的凡·东根，到有着不安灵魂的法国当代雕塑家热拉尔·加鲁斯特，我想了解那些色彩，那些被历史遗忘的小人物的辉煌，与画家交汇的目光，他们所处时代的社会风貌、爱恨情仇。这是关于幻觉甚至显圣的艺术。

每当走进红墙围绕的19世纪法国艺术展厅，游客们就蜂拥向德拉克洛瓦的《自由引导人民》、杰利柯的《美杜莎之筏》和大卫的《贺拉斯兄弟之誓》。但我偏爱大卫的两个学徒，两个快要被历史遗忘的人物，一个是来自蒙达尔纪的吉罗代（他的《沉睡的恩底弥翁》被用在罗兰·巴特《S/Z》的封面上），另一个就是格罗。

大革命没收了格罗父亲的私有财产，他逃到意大利继续学画，独立养活自己。他立志，如果不能在意大利成为一位画家，那就死在意大利。就在不被人赏识的时候，他接到了法国国民公会的订单，只可惜1793年雅各宾派的“理想主义”恐怖统治中断了这一计划，而后，他想画的罗伯斯庇尔——那个在盥洗室想着怎么把别人送上断头台的罗伯斯庇尔自己也被送上了断头台。

1796年，拿破仑这个快要三十岁的男人，还在等待约瑟芬像教导别人一样来教导他这个只知战功、不懂爱情的家伙。这个其貌不扬的男人，手握着战胜意大利军队的旗杆，把旗帜插在了阿尔科拉的桥头。侏儒的伟人，自卑的暴君，他不能接受自己，他需要一位画家来美化自己的形象，于是他找来了格罗。

拿破仑身穿深蓝色军装，金色刺绣的红色衣领，黑色的围巾足以突显军装里面衬衫的白领，腰间系着金色流苏的彩色腰带，腰带上方格子的纽扣足以牵挂厚重的剑鞘，剑已出鞘，在他的右手。远景是浓烟滚滚，愿景是统一欧洲。拿破仑对这幅画很是称赏，随即任命格罗为随军督察。

翌年，在约瑟芬的举荐下，他受命继续采购藏品，负责从拿破仑抢劫的艺术品中筛选可以充实卢浮宫的收藏。

拿破仑是位容易嫉妒的君王，这份嫉妒也许来自他不讲卫生遗留下的皮肤病。在 1802 年的画稿《拿撒勒战役》中，因为主要人物是埃及战役中的朱诺将军，而非拿破仑本人，害怕被抢了风头的拿破仑责令将这幅获奖作品紧急下架。

本来以为就要失宠的格罗再次得到了拿破仑的信任，命他陪同前往以色列的雅法，那里暴发了大规模的瘟疫，毁灭文明的黑死病。这是一场探望被感染的法国士兵的作秀，实际上，前来视察、慰问的拿破仑不久前曾屠杀了困在雅法的三千名不能继续管理和喂养的战俘。

大卫是大革命时代的首席油画家，他的学徒格罗则是拿破仑时代的第一丹青手。他是怎么一步步走到今天的？天赋？努力？还是机遇？他不是一个投机分子，但是时代选择了他。盛名之下，其实难副。他的心里有着深渊般的坠落感，像是每个午后惊醒的噩梦。格罗的这幅《波拿巴视察雅法的黑死病人》构图上和不远处老师的《贺拉斯兄弟之誓》是一致的，在雅法的一座清真寺里，能看见庭院和尖塔，两道门廊后面是颓坏的城墙和迎风飘扬的三色旗。拿破仑的手像是《创世记》里上帝的手，像是济世的耶稣基督轻轻触摸病人肋骨的手，地狱般的图景则召唤人们想象米开朗琪罗的《最后的审判》。异国情调的布景里是时势使然的中东文明热。

往后几年，格罗还创作了《波拿巴在金字塔战役前训示军队》。在格罗的作品里，拿破仑是一位面对疫情毫无惧色的英雄，但这是没有英雄的时代。我走出卢浮宫，走出夜里的金字塔，走在巴黎黑暗的街道上，走在内心黑暗的卑琐里。

年少时，我就意识到自己是个卑微的男人；年少时，我的心里就住着拿破仑，这个与我同天生日的男人。他成功了，他的刀剑和枪炮征服了外面的世界；我失败了，我的文字和眼泪只滴进了我内心的世界。

拿破仑被流放到了圣赫勒拿岛，他的回忆录是格勒诺布尔人司汤达笔下人物的床头书。

为什么会有挥之不去的失败感呢？是因为想得到什么吗？会因为得不到而看不起它吗？我是拿破仑的别列津纳河战役中冻死在俄罗斯漫天飞雪里的一名伤兵吗？

格罗的创作水平开始下降，他不想画了，他想到此为止，他站在内心王国的峰顶，他不想走那与上坡路同一条路的下坡路，他还能再次去爱吗？他的内心还能改朝换代吗？他的内心还在沸腾吗？他还能描画暴力那恐怖而迷人的美吗？美，艺术中唯一的真实。

波旁王朝复辟了。波旁王朝该有属于自己的国家画师。格罗活在新古典主义的黄昏，看不到浪漫主义的曙光。战争的捷报不再传来,战争的画面再画不成。他不再能随着拿破仑的旗帜南征北战，他的记忆里还有阿布克战役和埃劳战役的璀璨荣光吗？他知道自己会在回国后的几年发疯吗？他知道自己离亲手安排的大去之期已经不远了吗？他的一生都在为拿破仑画像，拿破仑的坐骑已经路过了格勒诺布尔，翻越了白雪皑皑的阿尔卑斯山，在那些肖像画里，我看见了隐迹文本般的格罗自画像。

滑铁卢战役之后，格罗流亡到了布鲁塞尔，继续追随他的精神父亲大卫，尽管后者批评他不再画神话题材，可大革命不就是现代的神话吗？他以为自己的一生对历史已经有所交代。可是，格罗得到了查理十世的青睐，被封为伯爵。他是巴黎美院的教授，艺术的低潮期过后，格罗又振作了起来，恢复了早期的水准，卢浮宫埃及馆的天花板就出自他的手笔。格罗越画越少，他怀疑自己、否定自己，他对自己要求过高了,害怕出现败笔。他不再去那些文艺贵妇人的沙龙，他受不了那样的媚雅和冷遇。他既在乎又不在乎别人的看法。这世上到底有谁能解谁的情衷呢?

现在，我还是那个卑微的男人；现在，我的心里开始住着格罗。他没有想到，自己关于拿破仑的那些画作，会启发青年浪漫派创作，开启一个新的艺术时代。

1835 年，七月王朝已经过去五年，幸福的少数人还在未来的远方。王座上端坐的是奥尔良家族的路易 - 菲利普。而格罗累了、倦了，想要休息了。他休息在拉雪兹的公墓里，与那些默默无闻或鼎鼎大名的人在一起。1835 年 6 月，他自沉于塞纳河靠近默东的河段，人们在他的帽子里发现一张纸条，上面写着“厌倦了生活，辜负了最终的才华，他决定结束这一切”。

多少诗人藏在塞纳河的水底？2018年6月，我的大概未曾留意过格罗的中国朋友，也在离默东不远的塞纳河段结束了自己二十出头的生命。我们有过几面之缘、只言片语，我察觉不出她的绝望，透析不了她的悲伤。她知道我很软弱，软弱而不会把自己数进那个杏仁堆里。

我们曾沿着塞纳河走，在河堤坐下，抬头有一棵银杏树把树枝伸向了河面，让我想起燕园的深秋，一片不曾缘客扫的落叶，在生物楼实验室风干，夹在一本《孤岛不孤》里，它被空运到塞纳河举行水葬，银杏叶的掌纹比我们的还乱。读着她打算出版的法文诗稿和泛黄的信笺，风一吹，信笺的末页就和叶子一起随波逐流，不知道下文，也不知道入冬以后水底的鱼儿在哪里游走，而“灵魂们都是一条鱼，也会从水面跃起”。

那天我走出卢浮宫，金字塔里还在演奏西贝柳斯的《A小调第四交响曲》，晚年谜一般放弃创作的西贝柳斯的音符飘飞在我对赫尔辛基的回忆里。沿着跆拳道黑带般的塞纳河散步，一直走到米拉波桥。策兰可能就是从这里跳下去的，他的诗句有着晦涩的邀请。米拉波桥下，塞纳河流淌，水底是那年我在未名湖埋葬的一盏盏橘灯。

我扔出一颗岸边的石子，石子切开一个个橘子的眼睛，划破塞纳河的肌肤，像是四年前初到巴黎的6月，露天夜场电影里那个被划破脸庞的绝美巴黎女郎。桥头刻着阿波利奈尔的诗句，“米拉波桥下，塞纳河流淌”，转过身，我第一次看见了河心那座自由女神像。

卢浮宫金字塔下的免费交响乐。

仰望夏夜天空之蓝。

巴黎卧室里的自行车

上帝在看着我。可是上帝不在或暂时不在我心里。那么，是什么在看着我，看着我这间布满灰尘的卧室？我睡在积满污垢的床单上。我已经很久没拿衣服到楼下洗衣房去了。我不敢邀请哪怕只想一夜情的女人回家。我很懒，懒得下床。我很脏，虱子咬我，公猪见到我都呕吐。好几天没有刷牙。盥洗室漏水。快开窗散散臭味，把腐烂的纸巾、发霉的餐具、尿过的酒瓶统统塞进垃圾袋。楼下斤斤计较的暴躁犹太女孩让我恼羞成怒。我想象一只猫上蹿下跳，猫毛掉了一地。可这不是第一间被我弄脏的卧室。租房不是生活的过渡期，租房就是活着和复活，过渡的是这个世界。

现在，开始在房间里阅读。阅读救不了此时此刻的我。那在房间里写作。写作救不了此时此刻的我。爱情、金钱、名誉、上帝的目光、拒绝一切情思的挽歌，都没有任何药效。那些零星“欣赏”而不“喜欢”我的人，请在我原形毕露之前听劝离开。

总该抓住一点什么。回忆？关于谁的？这样的处境突然让我想起出生于日内瓦的瑞士作家夏尔 - 阿尔贝·桑格利亚。1904 年，他初来巴黎，只有二十一岁。如果不是后来的他成了一个“热爱生活”的“精致”人士，你很难想象他在巴黎那些年辗转的卧室至少在文字的描述中是我的升级版，所以就没有必要复述一遍了。他能够驾轻就熟地把书籍打包、托运、搬家。

诚如他的朋友、法国编辑兼作家让·波朗所言，虽然穷困，但桑格利亚改头换面，变得热爱生活，他喜欢唱歌，喜欢跳狐步舞，弹奏好几样乐器，像位中世纪法国南方的游吟诗人。在他的床榻上方悬垂着一辆自行车，墙上挂着两三件羽管键琴，床底下是散落一地的草稿、一瓶白兰地、几个空罐头。

他再次相信爱情，与其对刻骨铭心的过去念念不忘，不如重新去爱，甚至爱一个像自己当初对待感情的方式一样稚拙的人，不该在出生前就成了爱情的未亡人。不然，在无爱的痛苦里，没有阳光，没有女人，没有冰激凌，没有巧克力，没有自行车，而这些都是他喜欢的。

桑格利亚不喜欢别人把他看作一位瑞士国境线以内的作家，他曾经与哥哥一起抗击瑞士民粹主义复兴的浪潮。瑞士本身就是多民族多语言的国家。桑格利亚对于生活在哪里并无所谓，当人们感叹这么多作家都在书写巴黎，为什么就没人写写日内瓦时，他也不觉得写日内瓦是自己的义务，也不觉得一定要长期生活在日内瓦才能写它。即使在巴黎，他也活得边缘、潇洒，尽管他有些话痨，但与大多数法国男人不同，他是少数不让人讨厌的聒噪者。他宁愿有人分享他对科隆香水、高卢烟、金发、膳食、纽姆记谱法的喜欢，也不愿与人侃侃而谈读过的万卷书。

生命的偶然让我遇见了于连，那天他带着自行车手的全副装备出现在我们共同的朋友亚历山大位于巴黎远郊的庭院，亚历山大和德国女友艾娃在厨房烘焙时看见了窗外的他，落英有时缤纷，像侯麦《春天的故事》里的场景。

于连和女友在日内瓦生活好几年了，他在一家出版社工作，这次是来巴黎注册博士论文的。后来我在学校注册处又遇见了他。他的论文讨论《神曲》在20世纪西方文学里的重写问题，这当中也涉及桑格利亚。通过他，我加深了一点对桑格利亚的了解。于连对做学问并不太感兴趣，对包括导师在内的教授都有过于学院派及不介入社会的担忧。不紧不慢地写一篇论文，不过是给自己多提供一段系统阅读的时间罢了，这样的洒脱倒是让我这样对于教书还犹豫不定的人歆羡。

生命的偶然也会把桑格利亚带回瑞士，洛桑、伯尔尼、弗里堡，那里的城市和乡村依然有风景和不期而遇。瑞士中世纪僧侣的行迹令他神往。他不排斥瑞士，就像不排斥别处那些现实的梦中的国度。他还是中意日内瓦的街道的。

“二战”期间他回到了中立国瑞士，住在弗里堡一个古代下等仆人住过的房间，那时的他已经到了耳顺之年。他知道健康的体魄对于长期写作的重要性。虽然他健朗的体格还称不上肉体圣殿，车技也不及历年的环法大赛冠军，但骑车环一趟瑞士问题并不大。于是他与画家朋友一起出发了。沿途,桑格利亚写字，画家朋友素描。他觉得这个国家就像一座山谷。一辆山地自行车最适合阿尔卑斯山脉。他专门为自行车写过赞歌，怎么爬坡，怎么刹车，他是个行家。

这一日，他骑行经过辛普朗，不时抬头望天。1910 年，大概是人类最早的几次飞行表演在瑞士举行，9 月的国际飞行周，当时为飞越辛普朗而设置的大奖奖金高达十万瑞士法郎。年仅二十三岁的秘鲁飞行员查韦斯驾驶着布莱里奥型飞机最终着陆在多莫多索拉，但伊卡洛斯的飞机已经坠毁，飞行员重伤，送到医院后不治。当地的居民不明白这只巨鸟为何会发出如此巨大的轰鸣。飞行员死前苏醒过几次，最后一次，他说："不，我不会死。"桑格利亚转述了这句话。后来他也死了。我们现在转述他的这句话，我们也会死。

桑格利亚看见飞机云在天空中喷射而过，他以为是查韦斯的还魂。夜晚降临了，夜航指示灯的眼睛看着满天繁星的眼睛。生活太容易疲倦了,查韦斯累了，他不能在风中睡觉，他在天空中俯瞰的大地一定和当时的人们见过的世界不一样，现在他要落地了。

桑格利亚没有写过小说，也没有写过诗，他更适合做一个蒙田。他把诗的语言寄托在他的散文里，写作是梦中彩笔，或见缝插针，他没有办法腾出一整块时间写作。他太"热爱生活"了，花草树木、鸟兽虫鱼都是他喜欢的。

我们写作，不是为了变得优雅或纯粹精神性地生活，我们写作，不是为了变得完全理性，更不是为了文学场虚假甚至错误的唱和，那是宁愿不被理解也不能要的。我们写作，是为了自救，是为了窥见真实，并在触及的刹那捍卫它。桑格利亚已经去世六十五年了，生前身后都没有什么名声，没有年轻人追问他的道德故事，时尚杂志也不会探究他的政治立场，人们更不会以国家的名义夹道欢迎他，把他送进先贤祠，但我们知道，至少目前为止，他有几个读者就够了。

桑格利亚到死都在骑自行车，这是他养成的习惯。当死神传唤他去医院时，他以为第二天就能出院骑车了，结果待到第三天，死了。

我隐约记得卡夫卡说过在有几个不相熟之人的餐桌上的恐惧：不愿说话或拿捏不定何时该自己说话。除了一对一聊天时必须说话，其他时候我都会习惯性沉默，不是矜持，而是沉默。我知道我说得很少，但我没有沉默的意愿。这让在座的人好几次感到尴尬，所以我跟于连并没有交流过几句，只注意到他喜欢刷 Kindle，而我因为不适应电子书，已经有好几年没怎么读中文书了（为了这一点，也许我应该回国？）。他说今年开春要带着 Kindle 骑自行车开始他的环欧旅行。我不是一个爱运动的人，最多在巴黎的街道上行脚。我从没有在巴黎狭窄的街道上做过这锻炼心肺的有氧运动——骑自行车。

博尔赫斯位于日内瓦的墓地我去过，有时我不太喜欢他那阿波罗式的清醒，而桑格利亚的博学里，有着狄奥尼索斯式的沉醉。日内瓦的生活相比巴黎要平静一些，经济上有些方面还要好一些，有些老师已经去那边教书了。只记得刚来欧洲那会儿，我从表姐位于德国的住处坐火车穿过瑞士回到我上学的格勒诺布尔，在日内瓦转车，秋雨霏霏，像有一次我在凯旋门等待环法冠军的冲刺。罗纳河从瑞士流至法国，旧报纸像一只受伤的海鸥在湿漉漉的城市地面上扑腾，不能向天空刺去。

瑞士小镇布里格的飞行员查韦斯的雕像。

腓立普房间里的画像

鲁迅曾提到他译介了不少法国作家，这当中就有我们现在比较熟悉的阿波利奈尔、科克托、纪德、罗曼·罗兰、波德莱尔、凡尔纳等人，但还有一位在法国也已被人遗忘了的“小作家”：查理-路易·腓立普。鲁迅通过日译本转译了他的《食人人种的话》和《捕狮》这两篇短篇小说。

《鲁迅全集》里，注释者是这么介绍腓立普的：“出身于贫苦家庭，作品表现了对无产阶级的同情和对当时社会的讽刺，著有《母亲和孩子》、《贝德利老爹》等小说。”至于鲁迅是怎么看待腓立普的，我觉得很有必要仿效“文抄公”周作人的做法援引一下《〈食人人种的话〉译者附记》中的话：

> [腓立普]是一个木鞋匠的儿子，好容易受了一点教育，做到巴黎市政厅的一个小官，一直到死。他的文学生活，不过十三四年。

他爱读尼采，托尔斯泰，陀思妥耶夫斯基的著作；自己的住房的墙上，写着一句陀思妥耶夫斯基的句子道：

“得到许多苦恼者，是因为有能堪许多苦恼的力量。”但又自己加以说明云：

“这话其实是不确的，虽然知道不确，却是大可作为安慰的话。”

即此一端，说明他的性行和思想就很分明。

腓立普还在自己住房的墙上挂了陀思妥耶夫斯基的肖像，那是他同样出身农家的友人远嫁俄罗斯后从莫斯科寄回来的。

那些充满活力来到巴黎的文学青年，当然是为了写作，但同时也是为了与公爵夫人睡觉。他们还没有把自己住在顶层阁楼的一生缩减至为了后世的名声而写作。只不过他们大多数人，为了梦想漂到首都，既没能成为作家，也没能睡到公爵夫人。腓立普的一生就是这样的一生，三十五岁，他死于脑膜炎——一种巴黎的医生曾因误诊把我吓得半死的病。

腓立普靠着助学金一路求学到巴黎，吃不好，穿不好，小时候牙疼困扰了他七年。他一直是孤独和谦卑的，甚至这孤独和谦卑都成了他的原罪。也许你可以说他认识了纪德这样的文坛名宿，但他不是一个热衷结交名流之人。他可以给志同道合的朋友牵线搭桥，然后看着他们各自玩去，留自己在孤独的房间里构思小说。

愈是在“美好时代”，愈容易有这样困苦的生命。他能“做到巴黎市政厅的一个小官”，得益于当时文学界的伯乐莫里斯·巴雷斯。他的职务就是在巴黎一个街区的大街上监视那些开咖啡馆的个体户，类似于中国的城管。腓立普没有放松对自己的要求，他不兜圈子地说：“我的祖母是要饭的，我的父亲小时候也很骄傲，但长大一点了还是去要饭，我和同伴成长的岁月里是没有书的，在我这里有比‘法国人的真理’还要迫切的一个‘个体的真理’。你们因为国籍而与世界区别开来，我因为阶级而与世界区别开来。我们被固化为穷人，当生活来敲门的时候，它总带着棍棒，除了互爱互助，我们没有别的资源活下去，这就是为什么我写出来的东西总比头脑里想好的要柔软。我可能是全法国第一个穷成这样了还要学习文化的人。”

腓立普没有看到他的身后名：他与纪德草创的《新法兰西评论》后来推出他的专刊，出版社出版他的遗作；1920 年代，托马斯·曼和卡夫卡通过德译本阅读了他的作品；1930 年代，艾略特为他的英译本作序；1940 年代，剧作家季洛杜回忆了腓立普当年怎么奖掖后进；卢卡奇、斯皮策这些大批评家很快写出了鞭辟入里的评论。但后来，他被遗忘了。

初到巴黎的腓立普住在一个特别小的房间里面，他有了一点稿费，不再挨饿，但是经常忆苦思甜，经常几天几夜去同一家苍蝇馆子吃同一道菜。当时的巴黎，诗人们在焦虑兰波之后写诗如何可能，而真正的文学中心在罗马街的一个公寓里，那就是著名的中学英语老师马拉美的星期二文学沙龙。

当时，腓立普还是战战兢兢地参加了马拉美的沙龙，躲在某个角落里听他引经据典，不敢说话。回到家，腓立普鼓足勇气给文坛泰斗写了封信，而回信于他而言不过是礼貌性的。

腓立普对马拉美没有多大成见，只是他觉得他要有自己的方向了，生命有限，总该做点力所能及的事。句法复杂的诗句，极为罕见的用词，这样的诗，他是写不出来的。学业上的失败，创作上的失败，母亲告诫他要直面一切，不要用年轻不懂事给自己留面子。但也许他真的对这样的作品失了些兴趣。他想写作，就像艾吕雅的《自由》重点不在于什么是自由，而在于想写。

他认为马拉美的诗是偷听天意，而他要写的是熟悉的底层生活，写普罗大众的泪与笑。他妹妹刚嫁了个巴黎贫民区的糕点师傅,一起卖糕点。他独自一人，觉得自己也该上街乞讨了。不管什么工作他都能接受，修桥、补鞋、卖保险、流亡到殖民地……都行。别再勉为其难地模仿那些伟大的诗篇了。写点自己的童年吧，写写熟悉的母亲，写写农场里的鸡。他是靠父亲去当伐木工养活的，别再装作自己是个锦衣玉食的人了，尽管写作也许很需要一张好桌子、一把好椅子和一个好天气。

腓立普给马克斯·雅各布写信，说明自己凄清的近况，他也渴望离开忧郁的巴黎，渴望旅行，但他没有多少经费。就在我写这篇文章的一百一十年前的同一个 9 月 1 日，他在巴黎给艾黎·福尔写的信中描述了自己整个春夏打工的艰辛，他想有更多时间写作，那将是一本献给父亲的书。他没有睡到过公爵夫人，但是普鲁斯特的红颜知己、伯爵夫人安娜·德·诺瓦耶——她的闺房如今在博物馆里与普鲁斯特的卧室相邻——很欣赏他的作品。伯爵夫人关于罗马尼亚和土耳其的游记是腓立普没条件去写的，但她对世间苦难还是敏感的。他们经常见面、通信。

腓立普希望法国从普法战争的阴影中重新强大起

来。腓立普爱法国，可法国不爱他。

老家有人来巴黎看他，是个十五岁的村姑，带着一把刻了他名字的刀。她病了，没钱就医，很快就因肺结核病死在了巴黎，死在巴黎的秋天。

他父亲的眼睛也一点点瞎掉。

腓立普的《贝德利老爹》本来是有机会竞争刚成立不久的龚古尔文学奖的，《女仆日记》的作者米尔博极力推荐这部作品，可惜颁奖季在秋天，当年出版太早的作品不易入围。当时的法国，自然主义有他们的梅塘之夜，腓立普和他的支持者们则有他们以在郊区合租的房子命名的卡尔内坦集团，纪德和精通多门外语的拉尔博是他们的同路人。

腓立普知道不能只靠怜悯来写作。腓立普知道自己能写的是什么样的故事，他以一种柔软的、富足的、诗意的方式来写。腓立普要为他更感兴趣的寂寂无名的小人物树碑立传，就像写作《思想录》的帕斯卡尔所说："没有任何人的死是不留一丝痕迹的。"人一点点变老，放弃对未来的构想，不再对偶像顶礼膜拜，手开始发抖，灵魂行走在一片荒凉高原，展现出千沟万壑和赔礼道歉的人生，腓立普，蒙帕纳斯大街的野蛮人，蚂蚁一样居住的野蛮人。

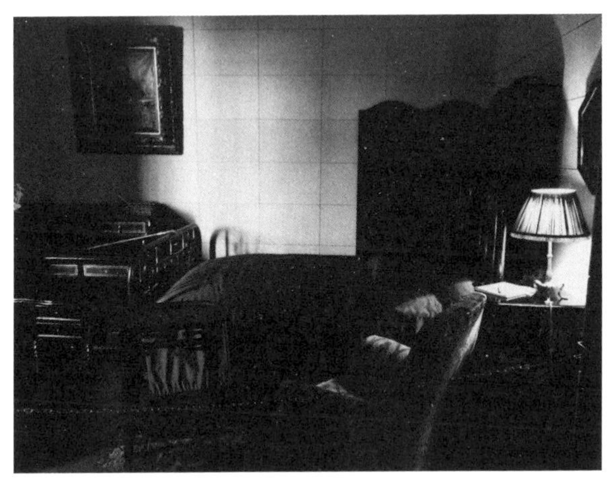

巴黎卡纳瓦莱博物馆藏普鲁斯特最后房间里的陈设。

巴黎的里昂车站，2018 年 3 月 6 日

9 点 55 分：时钟的情欲

阿兰·泰纳 1983 年的电影《在白色的城市里》是在里斯本取的景。男主角走进一家旅馆底层的酒吧，点了杯啤酒，他注意到墙上的时钟在逆时针走字，就对吧台女招待说："你会说英语吗？"

"不会。嗯，法语，一点点。"

"啊，很好。你们墙上的时钟在逆时针走字。"

"不，它走得很准确，是这个世界在逆时针走字。"

男主角订了一间房。房间有些潮湿发霉，水龙头坏了，滴答滴答，海风吹开红色的帷幕，像吹开女人下体的双唇，像摩西分开了红海。他在天台对着忧伤的大西洋吹忧伤的口琴。女招待罗莎很快就成了男主角的情人。就像是在日本人发明的 love hotel 里，那些下雨天，密闭空间里咸咸的，窗外是海上的白帆，湿答答的情欲画面称得上唯美。

我有过几次与女孩子同床共枕却无床第之欢的经验。比如在里斯本的酒店房间里，也许是两不相欢，也许是各自矜持，又或者单单是我不知道她不喜欢异性。但也怕一晌贪欢后埋葬了什么，朋友都没得做。可是，我真的只想跟她们做朋友吗？我想象乱扔一地的衣裙、凌乱褶皱的床单。

性爱之事，虽然不用巴塔耶来论证、拔高到神圣的地步，但至少没有完全跌落到动物层面，退一步说，毕竟也有动物的属性。性是人类精神活动的一部分，退一步说，至少有灵肉的搏斗。

里昂车站的钟塔有 67 米高，四面时钟从 9 点 55 分拨到了 9 点 56 分。我喜欢欧洲公共空间的时钟，奥赛博物馆旧火车站的，英国约克郡新商业街的。就像是伯格曼《野草莓》里的时针和分针分开了双腿，在这一分钟，我没有和任何女孩成为朋友。迎来送往的里昂车站，今天，我没有说走就走，我待在这里，让时间在空间里塑形。

“去里斯本，需要一个坏灵魂。”法国作家朋友热拉尔·马瑟的《时间的另一个半球》起手就是这么一句。葡萄牙航海家们发现了新大陆，空间的另一个半球，他要在这里发现时间的另一个半球。我不知道里斯本是可以给灵魂疗伤，还是会让它恶化下去。在电影里，法国籍男主角保罗不停给瑞士说德语的女朋友艾丽莎写信。他也许该带女招待罗莎去更富裕的法国找一份工作。他有些犹豫不决。罗莎悄无声息地走掉了，分手二字，没有当面说。

在里斯本的一家餐厅里，听着呼愁的葡萄牙民族音乐法多，想着一些前尘往事，竟不自觉对着那个只是普通朋友的女生流下了久未流下的泪。走在里斯本的夜雨里，吹着大西洋的夜风，似许久没有得到宽慰。

11 点 21 分：快餐的忧郁

里昂车站有一家老牌快餐店叫保罗，成立于1889 年。那里的三明治是我踏上法国这片土地吃下的第一口食粮。从戴高乐机场乘坐 RER B 转 1 号线到里昂车站，因为我赶着去一个叫格勒诺布尔的南方雪山城市读一年语言学校。我看着 RER B 沿途的涂鸦，想起那些在这条线上容易被扒抢的传言。我想过给这条著名地铁线的每一站——马克 · 奥热所谓的“非地点”，当代人的生存空间与景观——来一次城市人类学的考察，但这样的壮举已经被别的法国作家写掉了。

老旧的巴黎地铁先将来时地演变成了我的乡愁。我似乎在搭乘它们的时候没有了卡夫卡当年的惊异，也没有了扎姬姑娘的欢快。地铁是我在巴黎主要的出行方式。我的手机信号是 Free 公司给的，它给人最大的 free 就是信号不好。在地铁里我可以和人们理由充分地失去联系。稍微陌生的社交都让我恐惧。我观察着那些贴着窗的面孔、黑丝长筒袜、交错的名牌包、热吻的情侣、冷漠的酒鬼、萨克斯手、手风琴手、大学教授、普通读者、乞丐、疯子、难民、小偷、车厢里的法语诗句、车厢外的演出信息。我感到我们有一个秘密的共通体，扭结在这些中转站(correspondance，这个词也有"通感"的意思，波德莱尔意义上的)。

里昂车站有很多种抵达方式：1 号线、14 号线（日本人说这是巴黎最干净的一条地铁线)、RER A、RER D，等等。可是，抵达你的方式有且只有一种。

人们感受到忧郁的方式有很多种，有的是读一首波德莱尔的诗，仿佛比芥川龙之介的一生还要忧郁，而我这个不爱做饭，甚至节省吃饭花销、节省时间来读小说的人，则容易在快餐店一个人吃着汉堡、薯条、炸鸡腿的时候，感到充满卡路里的忧郁。

我的余光又注意到角落里的保罗快餐店。我在那里打了人生中第一个国际长途，按当时的时差，国内已是深夜，但我知道父母还没有睡，那个在课堂上教着《最后一课》默默流了泪的母亲，还在等待着我安全抵达的消息。我拨通了父母的电话，假装镇定地说：

“爸，妈，我到法国了。”

14 点 38 分：钢琴的寂寞

在格勒诺布尔那年，我常常去火车站等陌生的过客，到公用的钢琴边坐下，A vous de jouer（“该您来弹了”），或者两个陌生的过客一起，四手联弹。这当中有古典曲目如莫扎特的《小步舞曲》，也有流行曲目如阿黛尔的 *Someone Like You*，我至今记得那个背包都没有卸下的女孩边弹边唱。

后来，我到莫扎特的故乡萨尔茨堡，那里的火车站有人在弹《音乐之声》的“do re mi”（电影故事也发生在这里）。

2015 年夏天在阿姆斯特丹的火车站，我读着多多的诗，听着两位钢琴家互相炫技，我尝试录音，内心久久不能平息。

2015 年的法国国庆节，刚到巴黎的我在战神广场的人群中远远看见了铁塔下登台演出的中国钢琴家。音乐会接续着铁塔的烟花表演，东风夜放花千树，更吹落，星如雨。伴奏有阿黛尔的 *Skyfall* 和坂本龙一为《末代皇帝》谱写的配乐等。

只有在火车站，我才能如此近距离地观察“钢琴家"生理记忆的手，他们的手还不足以上保险，也没有经历《钢琴家》的战乱、《钢琴课》的聋哑。

现在我又来到了里昂车站，听人弹琴。这座建于1849年的车站，巴黎公社期间被局部毁坏，1900年世博会期间得到极大扩建，今日之规模又是后来几次扩建的结果。有不少电影在这里取景，包括马丁·斯科塞斯的《雨果》。这里的火车要到南方去，从这里可以去我去过的第戎、里昂、格勒诺布尔、瓦朗斯、安纳西、尚贝里、阿维尼翁、蒙彼利埃、尼斯等城市，一直延伸到瑞士和意大利的某些城市。

19点45分：书店的通俗

在莫迪亚诺《夜的草》开头，叙事者在里昂车站捡到一个记事本。记忆的侦探又开始他在时间里的旅行，欲少留此灵琐兮，日忽忽其将暮。

天色渐渐暗了下来，大厅里悬挂着用iPhone X拍出来的摄影展。我走进火车站常有的书店。普鲁斯特喜欢观察火车站的时刻表和书店，但不得不说，火车站书店文学在法语里就是通俗文学的同义词。这些杂乱摆放的时尚杂志、数独游戏、色情小说，标示着迎来过往人群大致的阅读水平。但这其实无可厚非，恩格斯不是说文学的功用之一是让戴月荷锄归的农夫回家后得以放松吗?

书店外围最近是每年3月“诗人之春”的展板。法国诗人泽诺·比亚努的诗搭配着摄影师的照片，其中一张是一个女人穿着铆钉高筒皮靴和渔网连裤袜，背对观众，臀部翘起。今天巴黎市政厅就挂起了3月8日国际女权斗争日的横幅，而这张搭配诗歌的照片呢，反其道而行之?但她是如此自信、诱人、性感，那是直男这种蠢物不大可能有的性感。这让我觉得美好。为何不在性激素还能够被撩起的尚未廉颇之年，欣赏这种美好，两相情愿地去追求肉体的欢愉，去增进情感的交流呢?

可真的都能两相情愿吗?我们是否有过对另一方的强迫，是否在事后若无其事地抽烟舒压（虽然从来都不抽烟的我体会不了）?法语有个俗语，“Faire l'amour, c'est mourir un peu”（“做爱，就是死去一点点”），也许在事后你会更孤独绝望，濒死体验。我们的性爱是唯美的情欲电影，还是通俗的书店读物?

20点18分：难民的接济

巴黎的奥斯特里茨火车站前几年有一个塞巴尔德也未曾见的难民营，后被假模假样的左派政府拆掉了

（右派只会更糟）。一些没有生计的难民移民悄然地在法国从事已经不合法的性交易。

里昂车站附近有些地下道隐匿着衣食无着的流浪汉，上个星期的寒潮可能真的有冻死的情况。情欲虽是人类的本能，但往往也要饱暖之时才能被唤起，于是情欲也是不平等的了。火车进站，改善着我们的交通、我们的物质生活，也带来了资本和性，带来了力比多经济学。我知道中国一些西南农村的女孩，乘着比 TGV 还快的高铁，到东部发达地区成了性工作者，再把微薄的收入寄回家里补贴家用。

不少来自社会底层尤其是移民家庭的女孩，她们在法国找不到自己的位置和工作（我想她们总不能像王尔德一样过美国海关的时候说自己是天才）。社会对什么是女性美的刻板要求，一方面束缚着美的创造和女性生活，但另一方面，它成为底层女孩追求社会认可的方式。不管是为了找到自信，还是迫于无奈，她们接受被污名化为红灯区的美容院的工作，为他人的外在美服务，起早贪黑，寝食难安，每天花几个小时往返于城市的上班地点和郊区的陋室一间，在民主的共和国苦苦挣扎。

有时，走在巴黎圣德尼街、布洛涅森林或红磨坊一带的勾栏之间，会看见这些国际化的流莺。她们有不少就是乘着欧盟无国界的火车，抵达里昂车站，抵达巴黎北站，从而进入这个国家的。我想起有一次路过阿姆斯特丹的红灯区，橱窗里是塑料模特一样孤独的女子，尽管为她们难过，但燃起的欲望差点吞噬我。旁边同游的朋友突然说："看，这些魔鬼。"他是我在巴黎认识的一个夏吕斯男爵。我突然陷入沮丧。

在夏吕斯男爵频繁出场的第四卷《所多玛与蛾摩拉》里，叙述者提到一辆睡眠之车："于是，我们乘着睡眠之车坠下了深渊，在深渊中，记忆无法再跟上快速下坠的睡眠之车；而心智早已在面临深渊时不得不折返了。"

22 点 41 分：情人的分离

在里昂火车站总能看到一些温馨到让我相信我会留在这个国家的画面：火车要开了，母亲和孩子上了车，父亲在车窗外假装跟着火车一起跑，扮着鬼脸，父子相视而笑。

大年初一，我听了《苔》这首歌，"白日不到处，青春恰自来。苔花如米小，也学牡丹开"，许是袁枚的诗搭配着贵州山区留守儿童无瑕的脸庞和纯真的嗓音，引得我泪流不止，哭得稀里哗啦。

我打电话给母亲，希望她把这首歌教唱给班上的留守儿童。母亲说："二十字的小诗，细细品味，内涵太丰富了，特别是在这个浮躁时代，适合每一个年龄段的人。我开学后找机会教给学生。"

上一回这样听一次哭一次，是八年前的寒假，在家一个人听到英文歌 *Five Hundred Miles*。平素尽量杜绝自我感动和陶醉，但是那些歌词和旋律，以及当时的情景，委实让我情非得已。

If you miss the train I'm on
You will know that I am gone
You can hear the whistle blow a hundred miles
[...]
Lord, I'm five hundred miles away from home
[...]
Not a shirt on my back
Not a penny to my name
Lord, I can't go back home this a way
[...]

从我家到重庆市区的火车在高中的时候开通了，差不多四百公里，而重庆到北京的铁路距离，几乎五倍于此。我拿着从西直门教堂请来的《圣经》，以为能通过阅读熬过出埃及的旅途，听见西奈山传来的禁欲神谕，但我按捺不住与陌生女子在密闭车厢里巫山云雨的性幻想。

我想起自己坐在巴黎北站不远处的北方布非剧院，杜拉斯《死亡的疾病》正上演，男女演员赤裸着身体，相聚又分离，布朗肖把这称作“情人的共通体”。

我想起在蒙彼利埃火车站转车时遇见的一个金发碧眼的女孩，她的眼睛比蒙彼利埃的天空和地中海的海水还要湛蓝，她背着大提琴，对着车窗里的男友不住地微笑和飞吻，那双纯净的眼睛，在许多地方渐渐不容易看到的女孩的纯净的眼睛，看得我都有些嫉妒了。

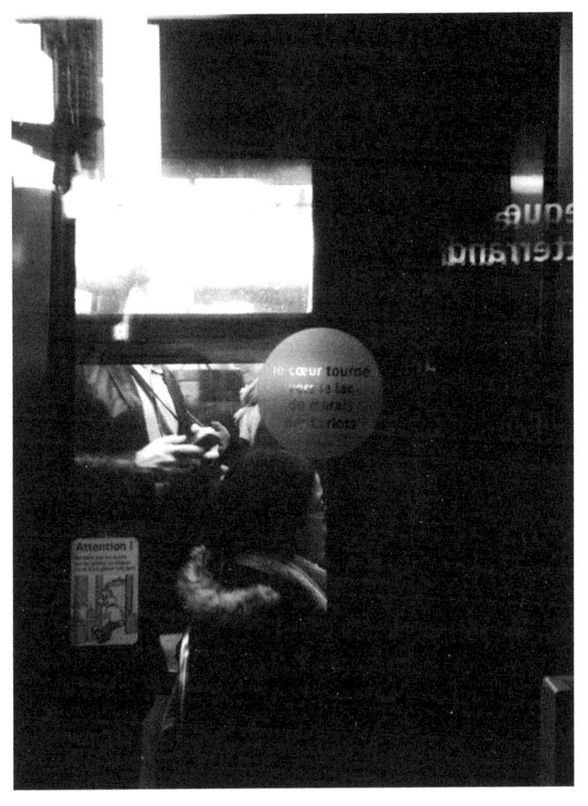

巴黎地铁 14 号线外窗上张岱某个句子的法语翻译，回译即“心向黄莺湖沼”。

但它实际上所对应的可能是《烟雨楼》中“楼襟对莺泽湖”一语。

舒马赫昏迷以后的冥王星

薇薇安和我走在雪山中，深一脚，浅一脚。半山腰，孩子们坐着雪橇车从小斜坡上冲下来，牛圈里的牛等着我们投喂，脖子上的铃铛在风中回响。

她上了年纪，没法持续徒步登山。我们坐在一家咖啡馆里歇脚，靠近火炉，任其暖烘浸润到我们鞋底的雪水。

在格勒诺布尔这座雪山环绕的小城，人们以为彼此容易熟识，却也有不经意间就二十年不见的故友，此身虽在，再见面还是会吓一跳。向薇薇安打招呼的是皮埃尔，他从旋转木门走进来，寒暄了几句，又从视线中荡开，走到里间去了。薇薇安摸着自己橘子皮般起皱的脸——这是她对自己的形容——转身问我她头上的几缕棕红秀发有没有乱掉，我还没来得及回说没有，她就连忙自言自语道："这不好，这不好。"

"如果你是担心自己的变化……他还是认出了你，不是吗？"

“我并不意外他还能认出我，我出门前也有整理，可能是刚才的风太大……我说这不好，是因为他枯槁的神情，你刚才没有察觉吗？这些年一直听说他有抑郁症，没想到还能再遇见他。”

“抑郁症？”

“大概二十年前吧，他妻子与好友去滑雪，哪知道遇到雪崩，他妻子捡回一条命，但好友就葬在雪里了。他妻子觉得本有机会救朋友出来，从此陷入了深切的自责，直到当着皮埃尔的面从自家阳台上跳下去，死了。皮埃尔以前和我丈夫玩得很好，但自从我丈夫血癌去世后，我就很少见到他了。”

薇薇安喜欢把“我丈夫”三个字挂在嘴边，当我打算去米兰旅行时，她就说当年“我丈夫和我”去过意大利的哪里哪里。从她对丈夫的回忆中，我了解到他们感情很好，但也发生过争吵，薇薇安是想要孩子的，但丈夫当时不急于要，直到最后，死了。死亡裹挟了她，她的父亲死于 1985 年，母亲和丈夫死于 1987 年，住在柏林（确切说是西柏林）的好友得了皮肤癌，死于 1988 年。

我想起商禽的诗：死者的脸是无人一见的沼泽 / 荒原中的沼泽是部分天空的逃亡 / 遁走的天空是满溢的玫瑰 / 溢出的玫瑰是不曾降落的雪。

我曾告诉薇薇安我想成为一位作家，我在格勒诺布尔待了一年，不算是拿破仑般只待三天的过客，我想写一本背景设置在格勒诺布尔的书。薇薇安说如果她成了作品里真实或虚构的人物，她会很开心，最好是翻译成法语。她说这话时，咖啡馆窗外还飘着纷纷的雪。

薇薇安和丈夫热拉尔是在 1968 年格勒诺布尔冬奥会的看台上认识的，当时他正要借过，一个踉跄，冰水溅了她一身。

那时薇薇安是格勒诺布尔大学的大一新生，就读于西班牙语系，喜欢诗歌，喜欢马查多，还与同学一起创办了超现实主义诗刊《马尔多罗》。“五月风暴”的消息很快从巴黎传来。巴黎陷入了瘫痪。当时从格勒诺布尔到巴黎没有高速列车,还挺远的。那个时候,薇薇安想去巴黎,但没有亲朋可投靠,不知道住哪里,所以就在格勒诺布尔声援，算是遥相呼应。校园被占领了，大家坐在草坪上，把兰波、德波、洛特雷阿蒙和毛主席的词句涂上墙。

革命的热情很快消退，薇薇安说她此后再也没有上街游行过，早早地把对列宁的热情转移给了雨果。大学毕业后，她在格勒诺布尔的市立图书馆找到了一份图书管理员的工作（她曾带我去检索过博士论文需要的参考文献），热拉尔也在靠近雨果广场的商博良中学找到了一份教职。生活稳定了下来。1974 年，他们结婚了。

我记得有一次路过格勒诺布尔的考古博物馆，她指着对面的一栋房子说："那时候我们住在三楼，我们同一楼的邻居是刚刚从越南逃难过来的，一开始我们敲门送他们一些食品，他们总害怕是来遣返他们的警察，透过门缝，确认了以后再开门，再后来他们就没有了戒心，邻里关系不错，直到我和我丈夫搬去靠近美术馆的新家。"

薇薇安和我去那个美术馆看过一次意大利雕塑家朱塞佩·佩诺内的特展，那些树木的年轮仿佛在提醒着我们每一个人。她现在还住那里。她只在诺曼底还有远房亲戚，气候好的夏天会去。

国内硕士毕业那年，阴错阳差，我错过了法国大学 M2（硕士二年级）的注册时间，我的申请计划书本来是关于布朗肖论夏尔诗歌里的"中性"问题的。情急之下，我去找了五道口附近的一家中介，在最后一刻注册了格勒诺布尔大学的语言学校。那时我对这座城市的认知仅限于半年前车王舒马赫遭遇滑雪事故后被送到格勒诺布尔大学的医院进行治疗。

因不大爱说话（如果不是慢热认识的人，可能中文都不爱说，遑论用外语表达自己了），我在语言学校的课堂上默不作声。为了读懂司汤达的原文，我二十五岁在司汤达大学从头学习一门外语，但几个月过去了都不见起色，而我申请巴黎文科博士的日子又迫在眉睫。中介没来得及让我租到留学生集体宿舍或法国人家的房子，我在学校靠近郊区的水泥屋子里得了一小间。课少，就像关禁闭一样待了好几个月，饿的时候就去卡西诺超市买些简单的吃食做做，想不出一个论文题目，找不到说话的人，我想我完蛋了。远处教堂的钟声响起，醒复睡，睡复醒，江河浩荡，传说是蛇和狮子在搏斗。

我在学校图书馆看到一张巴别塔诗歌朗诵会的宣传卡片，便下了去参加的决心。那家咖啡馆在市区的阿拉伯人和黑人移民区，几个月来我很少去，那天夜里我像个夜奔的鬼，提前半小时到了咖啡馆，心想用中文朗诵一首李白的《长干行》，应该没人听得懂，也就没人嘲笑。当时有个蒙古族的小伙也到了。我在学校里见过他，他用蒙古语写诗。我没敢上前搭话。直到在咖啡馆坐定，旁边一位老奶奶从钱包里取出硬币，不小心滑落，硬币在地上打滚，我不自觉俯下身捡起来交给她，她跟我说了声谢谢。我想着点一杯作为入场券的咖啡，却发现这里低于十欧元不能刷信用卡，便鼓足了勇气问她附近可有取款机，她给我指明了一个方向。等我再回来坐下时，她已经挪了板凳过来。她个子不高，或可说很矮，她要站在板凳上朗诵一首达尔维什的诗，翻译是被允许的，何况旁边站着一个络腮胡莽汉，他来自阿尔及利亚，会说阿拉伯语。

薇薇安后来告诉我，法国的老人虽然像她这样孤独的不少，但没有事由也不会主动跟人搭话，她虽然听不懂我朗诵的李白，但感受到我是喜欢诗歌的，就与我多说了几句。我们走到有轨电车 B 线,不同方向，分别，约好下周再见面。就在那时，一个黑人男子狠狠地把一个白人女子猛踹在地，差点踹到轨道上，很快警察上前制止了他，将他带走。不知道为什么，薇薇安再与我见面的时候聊起了安娜·卡列尼娜。她的死自然而然，即使一开始托尔斯泰并不想让她死。薇薇安不喜欢安德烈公爵的独白，她觉得人在那种情境里的意识活动不可能还像说教一样。

那年冬天开始，薇薇安成了我的法语老师，因为我们每个周末，一次或两次，都约在格勒诺布尔一个叫“闲谈”的聒噪咖啡馆里读诗，然后在城里城外四处走走，或是去圣诞集市，或是去司汤达故居。司汤达，这个活过、爱过、写过的格勒诺布尔人，望着窗外的藤萝架，心已经飞去了米兰。薇薇安还带我去了亨利·贝尔街（街名是司汤达的本名），告诉我于连的原型可能与格勒诺布尔附近的一则社会新闻有关。

或是去巴士底山。历史上最早的山地缆车载着一颗颗孤独星球缓缓下沉。1788年，民众在这些高地城堡上用砖石瓦片抵抗王室派来镇压的部队，最终路易十六同意召开三级会议。我们踏上山中落叶缤纷的小路。群峰之上正是春天。

由于主要的“教学工作”在于疏通生词，我并不能第一时间体会到诗句的美。第一堂诗歌课是关于博纳富瓦的，这之后还有热拉尔·德·奈瓦尔、雅克·杜班等，印象中我找到过一些中国新诗的译本，比如北岛的诗，薇薇安觉得还不错，但直言已经很西化了。我们印象最深刻的是雅各泰。整个冬天，我们都被他的诗歌拥抱。

现在我知道我什么都不拥有，
甚至不拥有这漂亮的金子：腐烂的叶片，
更不拥有从昨天飞到明天的这些日子，
它们拍着大翅膀，飞向一个幸福的祖国。

疲乏的侨民，她同他们在一起，
孱弱的美，连同她褪色的秘密，
穿着雾衣裳。人们可能会把她带往

别处，穿过多雨的森林。就像从前，

我坐在一个不真实的冬天的门槛上［……］

我记得她在读到这首诗时身体微颤，眼圈泛红，语带凝噎，这一点多少被我察觉到了，她欣慰于我的觉察。诗没有读完。过去的生活充斥着也许过剩的文字、也许匮乏的知识，谈起时又似乎避免不了，她说雅各泰说得对，人越老，无知就越大。

后来我们还一起在5月去了诗人和他的画家妻子隐居的小镇，他们一起在那里生活了六十多年，当地人敬仰他们，但不会去打扰他们。我们也只是在疑似他的住所前逡巡了片刻，山脚下的薰衣草还没有完全开放，半山腰塞维涅夫人城堡的书信节还没有正式开始。薇薇安不知道一年后的冬天我给雅各泰写了封信，并收到了回信。

我和薇薇安去一个小体育场听《魔笛》。这里曾经发生过烧车骚乱。服装和布景欠佳，部分宣叙调也改为了法语的话剧对白。夜后的嗓子有点哑。中场休息的时候我们遇见了市长和他的中国妻子。市长是绿党的，他禁止了格勒诺布尔公共场所的商业广告。我们还遇见了薇薇安的忘年交，一个在独立电影院售票的女孩，天真无邪，写一些情色诗，自己打印过几份，薇薇安给我看过送她的那份。

春假的时候，我和薇薇安去了尼斯，一路上她细数着几十年前和丈夫去过的地方。都没变。天使湾的英国人散步大道还没有遭受恐怖袭击，卡车还没有撞压几十条人命（当时我正走出巴黎连轴放《十诫》的电影院，正放到《杀人短片》)，还有着维果电影里的宁谧。海上的风很狂，脚下的鹅卵石很硬，坐看垂钓者，潮起潮落。

薇薇安问我之前有没有跟女生出去旅行过，我说倒没有，之前的女友，往往还没一起旅行就到了分手的时刻，也许是冥冥中有谁晓得感情在旅行中经不起考验，戛然而止，骤然而逝。那些在巴黎就一定要谈一场恋爱的现代神话学，倒是露出了符号学的破绽。总之，我和薇薇安去了尼斯。

我们在 Ibis 订了两间房。收拾停当，走到马塞纳广场一家比萨店坐下。这里的比萨会放很多橄榄，这里的建筑很意大利，这里原本就属于意大利，还能看见加里波第的铜像。薇薇安点了一瓶白葡萄酒，举起酒杯说了句“向爱情致敬”。这把我吓了一跳，餐馆老板也露出耐人寻味的神色。薇薇安急忙解释这个短语说的是“爱情”而不是“我们之间的爱情”，后来她告诉我事先瞥见了店里老板的打量，替我解围的。

沿着英国人散步大道漫步，棕榈树、赌场、酒店、海对岸渴望独立的科西嘉……无意间我发现了契诃夫在尼斯疗养时住的小屋。契诃夫的邻居是马蒂斯。在尼斯郊区，马蒂斯的墓肃穆，让我深受触动，所以在离开前又去了一次。马蒂斯博物馆前的橄榄树光彩熠熠。

我们就近去了埃兹，为了寻访曾隐居于此十年的布朗肖。

那十年布朗肖对"作品"的要求越来越高，进一步清除当中的自传元素。1948 年，他在出版了最后一部小说《至高者》之后放弃了这个文类，余生他写得更多的是"叙述"(récit)。翌年，他出版了《洛特雷阿蒙与萨德》和《火的部分》，后者之中《文学与死亡的权利》一篇已约略能看出"未来之书"的眉目。他在一份杂志上发表了《一篇叙述？》(后于 1973 年以《白日的疯狂》为名出版)。既然选择了"叙述"，势必要重写一遍《黑暗托马》，缩减，再缩减。薇薇安不那么喜欢布朗肖，包括他有些刻意抹去自传元素的念想，真的能完全抹除或彻底不被人看出吗？但我们不得不承认这十年是他创作的丰收期。1953 年，他开始与《新法兰西评论》合作，专栏月供，这些稿件后来多能在《文学空间》和《未来之书》中寻着。

布朗肖写完《最后之人》，决定重返巴黎。他将在那里遇见从集中营回来的罗贝尔·昂泰尔姆，杜拉斯的丈夫，他们建立了友谊，他们将在《121宣言》上签名，他们将在“五月风暴”的校园里并肩。

没有街道名，没有门牌号，凭着一张照片就来到移动城堡般的埃兹小镇寻访隐者的踪迹。不遇。我们在当地“旅游局”咨询潜在的“地方志”专家，他们只知道尼采曾在此完成《查拉图斯特拉如是说》第三部的故事，并打趣薇薇安和我是两个媚雅之人。埃兹的坡道确实有先知下山的气势。就在夕阳亲吻地中海而穿着海魂衫的我行将放弃的时刻，一个手执地图的当地人遥指了一个他笃定的地址。走近一看，没有任何标识，只一扇从石墙往里凹陷的木板门，那个疲惫、瘦削、身体欠佳却活得久长的布朗肖就是在这扇门后——在这扇门后的深夜里——写作吗？

虽然不喜欢被拍，但我还是让薇薇安帮我拍了张站在门前的照片。在一扇进不去的门前，如布朗肖会喜欢的造境。然而回想起来，的确如我和《新天使》的合影一般，是应该批判的几个媚雅时刻。而且我必须承认，那几年我对布朗肖的着魔也渐渐有些祛魅。既然主体做不到那般退隐，那该以怎样的方式重新呈现或显像？我打开克里斯托夫·比当为他写的思想传记《莫里斯·布朗肖：不可见的伙伴》(封面是贾科梅蒂那件《行走的人》),从中确认了那条街道的名字，那俯瞰地中海的岬角。一边的远方是费拉角，另一边是科西嘉。

也许因为我不那么喜欢旅行，也许因为旅行没有带给我太多所谓的美好回忆（事实上，我去过很多地方，但更像位移，而不是旅行）……走在陌生的人群中，匆匆，疏忽了薇薇安赶不上我的脚步。但她不说，直到抵达回程的尼斯火车站，她找了一个僻静的角落，吐了。这让我面露惭怍。

我申请到巴黎念书的头两年，过得并不快乐，第一年租住在城郊庞坦私搭乱建的民工房里魂不守舍，第二年租住在樊尚城堡周围破落街区的窄屋里郁郁寡欢，直到第三年有了点奖学金又生了一场大病，才搬家到共和广场让身心稍作安定。我曾经回格勒诺布尔找过她一次，当时她还买了智能手机，说想去给自己小学的旧址拍拍照，但我的脸上只有沮丧和沉默，舞弄刀叉切割着比萨，她也感觉到了什么，爱读书的她也低头刷起了手机新闻。我放弃了布朗肖研究计划，关于这位隐者，我和薇薇安达成了部分共识，但我们都更沉默了。

此去经年，即使逢年过节，我也没有给她写信。我们之间复又生分了。直到我呼吁抵制涨留学生学费那天，才发现她已经不用过去的手机号和邮箱了。我失去了薇薇安的音讯。现在，因为疫情，坐困愁城，不知她在家中是否安全，遂提起笔把记忆中的一些弹孔残痕找寻出来。

再也等不到薇薇安的邮件，不知道她是否健在人间。格勒诺布尔的那段生活总会让我想到契诃夫的短篇《一个玩笑》："我们沿石级而上，好不容易到了山上。我又把脸色煞白、战战兢兢的小娜佳扶上小雪橇，我们又朝可怕的深渊飞去。风又在呼啸，雪橇又在嘎吱吱响，我又在小雪橇跑得最快、响声最大的时刻低声地说：'我爱你，小娜佳！'"

我还记得这个短篇，也许是因为我和她曾在那家独立电影院不期而遇过一次，写情色诗的女孩已不在那里打工，屏幕上正在放映法国电影《安东·契诃夫的 1890 年》，影片开头便提到了这个短篇。

玩世不恭的男主人公开了小娜佳一个玩笑。命运开了舒马赫一个玩笑。而我和薇薇安的渐行渐远直到了无痕迹，再也听不到她念叨"我丈夫"，也像是一个玩笑。

自那以后，在巴黎观看契诃夫的话剧时，或是在这个俄国人去世的巴登维勒，我都会想起薇薇安。

舒马赫昏迷后不久，冥王星被开除出了太阳系，不知道在宇宙的哪个角落里昏迷。几年来，我一直追踪着舒马赫的新闻。他的妻子斥巨资维系着活死人的生命，盼着奇迹出现的那一天。现在，他暂时苏醒了，就像几年以后冥王星被招安回来，但到时四顾八荒，它一定也很茫然吧。

在重庆南开中学读高一时，我选修过周末天文学常识的课，第一次被带进学校天文馆，仰望星空的模型，我头一回卧看到了冥王星的幽冥。

写作的速度如何轻重缓急？如果不是回忆定格在过去的时间线，这五年来，我可以动笔吗？后来我又回过格勒诺布尔一次，整个星期格勒诺布尔都在下雨，我沿着河堤走过我们踟蹰过的桥梁，洪波涌到桥墩。我走过墓地，听朔风吹过。薇薇安曾把父母和丈夫葬在那个墓地。墓地里没有她的名字。我还没有见过任何死者的脸。

“19 世纪的格勒诺布尔有家旅馆名叫‘逝去的时光’，不过我不知道它现在是否还存在。”说这话的不是我，而是分析普鲁斯特形象的本雅明。我躺在旅馆房间里，再一次成为过客，窒息感涌上心头，如床底有海水漫起，而我是口渴的坦塔罗斯，喝不到，不可喝。

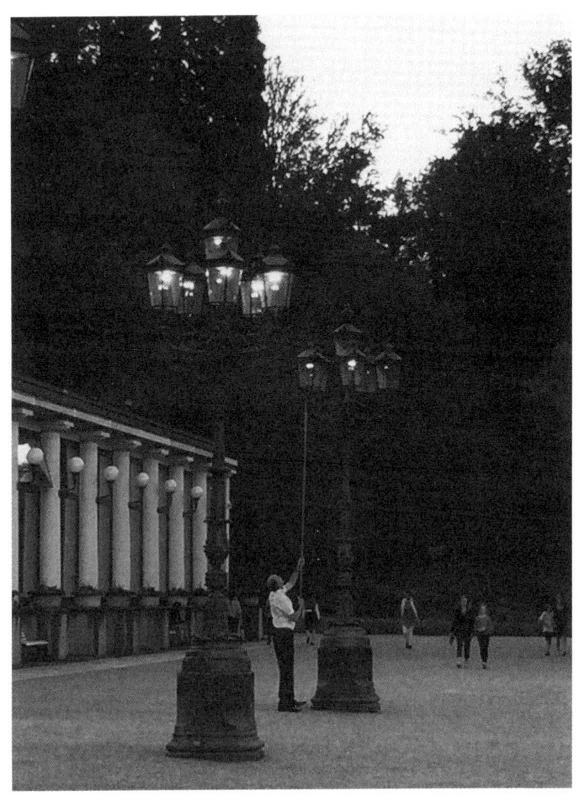

德国巴登巴登傍晚时分的点灯人。

沉默的邻居，有山，有海

阿兰把小说的初稿从鞋盒里取出来给我看。他倒上一杯咖啡，在我的对面坐下来。小说的开头通常都扣人心弦，但没等我说话，他就开始自责起来："这太自然主义了，写到中间就泄气了。"他捋了捋斑白的两鬓，站起来从美丽城远眺巴黎的蜃景。他家楼下是中国人开的国际酒店，有改革开放初期的风范。

直到从剧院退休，他在美丽城已经生活三十年了。这里的房租相对便宜，有不少作家、艺术家驻留于此，地势往上走的小丘陵也适合电影取景。佩雷克童年就住在维兰街，那时候他母亲在这里开了一家理发店，显影在维利·罗尼的黑白照片里。不少传统的犹太街区如今倒是成了唐人街，到了春节张灯结彩，蓝狮子，黄狮子，敲锣打鼓地走过"中国红"超市。如今的理发店太半也是温州人开的，封城以前，每个月我都会固定去一家。

更多时候，我和阿兰不在他家见面，而是隔几个周末在这附近找一个小公园或一家咖啡馆见。地铁出口有家叫“老妇人”的咖啡馆。20 世纪初有个老妇人在街对面弹琴，因而得名。名不虚传，这是这个街区最古老的咖啡馆，越南人、柬埔寨人、老挝人、中国人、黑人移民、白人乞丐齐聚一堂。

喝完咖啡以后，我们会在附近走一走，不时会看到皮雅芙住在这里时的门牌号，有时他指给我看达尼埃尔·佩纳克或蒂埃里·容凯在哪个窗台写作。美丽城是适合侦探或犯罪小说的外景地，容凯去世后，他有部小说就被阿莫多瓦改编成了《吾栖之肤》。不时会遇见梅朗雄的宣讲队，就在离法共总部不远的地方，慷慨激昂，不把马克龙弹劾下去不罢休的样子。不时会遇见站街的东北女人，多半上了年纪，要价低廉，把钱寄回国内。

我们走到肖蒙山丘公园，走到那个小凉亭。巴黎跑步、健身的人们，不分晨昏，然后回到家吃香草冰激凌把热量补回来。我说侯麦在这里拍过《飞行家的妻子》，他说他不喜欢侯麦，那是某个年代一小部分巴黎人的生活，却成了不少国外青年对巴黎的刻板想象。他说有时间我应该读一读阿拉贡的《巴黎的乡下人》，也是在这里写的。

虽然背部疼痛，但常年在剧场的形体训练倒是让阿兰走路笔挺，不像我这样轻微的“驼背小人”。我们走过龚古尔地铁站的平价超市 Monoprix，他说阿马立克和巴利巴尔还是夫妻时就住在这边，那天他们拎了一大袋卷筒纸和气泡水走了出来，他俩是他在剧院跑龙套时最歆羡的一对夫妻，后来他们有了孩子，后来他们分开了，在电视节目上相遇，坐在对面提起过去，还会噙着泪水，书页已经翻过，书还在。

老帅哥阿兰过去没少谈恋爱，主要和女生，但中途也和一个男生生活过五年，赤条条来去，现在又孑然一身了，他说他的爱情现已住在无人区。他曾在莫里哀的《恨世者》里演过一个配角。他暗恋剧院里的一名女演员，但他是爱情里的配角。

那天包厢挤满了如斯万一般的资产阶级新贵和不愿意在姓名中放弃"de"的旧贵族。最顶上是留给买学生票的人的，开演前两个小时排队也许能买到，队伍一直排到柯莱特广场，广场上有演着四重奏的街头艺人和吹着肥皂泡追逐的孩子。甫来巴黎时，他也排过。他的偶像是热拉尔·菲利普，最完美的熙德扮演者，红极一时的国际巨星，1950 年代访问过苏联，可惜天妒英才，天不假年，三十七岁就因肝癌猝然离世。

三十七岁去世的，还有凡·高，还有兰波，生前相对默默无闻，保持了一种纯粹。同兰波一样来自阿登森林的阿兰，也是位少年诗人，把分行的诗写在作业本上，跟高中语文老师探讨诗艺，去学校后门的旧书摊淘书，最后在巴黎的酒肆勾栏技惊四座。但就像绝大多数兰波的读者很快意识到自己不是兰波以后一样，他放弃了。他想过当语文老师，但无法面对课堂里一双双明亮的求知的眼睛像明枪一样袭来。阿兰选择了剧场，一双双明亮的非知的眼睛像暗箭一样射过。

现在他老了,退休了,最后一个角色是契诃夫《樱桃园》里的老仆。那天巴黎下着大雨，远处看台上有两个中国留学生，一个脾气暴躁，一个性情温和，他们忘了带望远镜。在剧终的时候，生命的樱桃树一棵棵倒下，伐木丁丁，象征着旧园生命的老仆人费尔斯，“一动不动地躺在”舞台上，大幕渐渐落下，灯光打在阿兰的侧脸，他连时代的侧影都不是。谢幕，拉着同行们的手，走上前来接受洪水般的掌声。掌声撑破了剧场这个金鱼缸，鱼儿四处游走。他们鞠躬，又退下。

阿兰有个作家朋友，平常也做翻译，译俄罗斯诗歌居多。出于对诗歌普泛的爱，前几日他也翻译了王维《少年行》中的几首，想来恬淡隐逸如王维者，亦有踔厉风发的时刻。他一直鼓励阿兰写作，重拾少时的志趣，阿兰只是感慨一切都太迟了。他尝试写了一篇小说，不满意，放在鞋盒里，不想投稿。

巴黎虽不再是这个世纪的首都，却是阿兰的心心念念。小时候和家人走在圣殿街上，他就暗暗下了以后一定要居留此地的决心。说起过去，说起外省，阿兰并没有落入怀旧或乡愁的情绪，但难掩对自然淳朴的喜爱。这并不矛盾。

阿兰和我走在 19 区那些叫“别墅”的小径上，恍惚间像是离开了巴黎，他便说起年轻时去克勒兹山区印度画家朋友那里过的村居生活。当他的朋友看见大山里的彩虹，呼喊着“rainbow”，他也情不自禁地喊出了兰波的名字：Rimbaud。我们继续走着，不多时路转，忽见一条叫“兰波”的小径。他让我站在那里，帮我拍照，我的手局促得不知该放何处。

小园香径，我和阿兰发现了两只小花猫，他上前逗弄它们，“自责”地说：“家里有一只了，不能带你们走了。”阿兰的猫惊抓抓的，把他的沙发抓得稀烂，他手背上也是抓痕，地板上也是猫毛，但他需要有一生物与他为伴。没有这只猫，他更与何人说呢？

克勒兹是法国人口密度最低，也算最偏僻、穷困的地区。在那片西南山区，鸡栖于桀，羊牛下括，像是从当地知名的壁毯上走下来的。在中央高原，夕照一片绚烂。阿兰曾经想把那里的茅屋买下来，假期时修葺一下，休憩一番，穿着厚厚的皮靴，走过泥泞的乡间小路。可惜前几年他的印度画家朋友上了年纪，身心染疾，最后自戕谢世。阿兰自那以后便也没了再去那交通不便之地的心情，只在读到关于那里的文字时才会有风景旧曾谙的心境。

卡米耶·德·托莱多是当下法国的中生代作家。他厌倦了巴黎的生活，虽然德语不好，但现在主要和子女住在柏林。他出道很早,四十出头便已写了不少，在批评界很受重视。按说作家的思路和学者的逻辑似乎不太搭调，但也许是出于“自我提高”的需要，他前几年在巴黎七大（狄德罗大学）注册了一篇博士论文，是关于文学中的眩晕的，不少内容我在诗歌之家的系列讲座中也听过了，涉及塞万提斯、梅尔维尔、佩索阿、博尔赫斯、塞巴尔德等人的作品。阿兰很羡慕卡米耶这位后生的才华。我坐在阿兰旁边，是唯一的亚洲面孔，三言两语下来，就慢慢熟识了。

阿兰最喜欢的作家是乔治·佩罗斯，他推荐我读佩罗斯的《拼贴纸》，还曾半开玩笑地说自己是佩罗斯附体。和阿兰一样，有着磁性嗓音的佩罗斯早年也在不全演喜剧的法兰西喜剧院演一些小角色，甚至协助做些服化道的工作。佩罗斯在剧院最好的朋友就是热拉尔·菲利普。

剧院有一次去开罗演出，佩罗斯在那里遇见了伽利玛出版社的编辑、加缪的伯乐让·格勒尼耶，这是他一直以来就想见的人。格勒尼耶把他介绍给让·波朗，并建议他试着把文章寄给出版社。佩罗斯对出书没有大的兴趣，只是随手把所思所想用游丝般的断片记录下来，似随意黏一起的纸片，后期适当加工。格勒尼耶倒没有非要小说或散文这样的文类限定，便说把笔记交给出版社吧。厌倦了龙套生活的佩罗斯于是在三十岁那年开始了写作，在杂志上发表了一些文章，也翻译契诃夫和斯特林堡的剧本，一辈子都不承认自己是作家。为了避免别人将他的名字与乔治·普莱的名字混淆，乔治·普洛把自己的名字改为了佩罗斯。尽管认识了不少所谓的文坛名流，但佩罗斯一生都活在贫困中。

对于一个还没出道的法国作家来说，伽利玛的阅读委员会就像是法国文学的内阁，掌握着一个青年作家的生杀大权。佩罗斯的写法虽迥然不同，但也难得地被包容而非攻击。

很快，佩罗斯就不愿继续封闭在貌似开放的巴黎，他要去听布列塔尼的山风海浪，诗的节奏。带着好胃口和几箱书，佩罗斯离开了他眼中虚荣、虚伪、虚情的巴黎。沿着海岸线，骑着摩托或步行，钓鱼，叼着烟斗和当地居民在咖啡馆聊天，这里的每一个人都是诗人，天地是他的衣裳，灯塔是他的衣架，不需要刻意地去看海，因为海就在那里，就像他说的，深爱一个女子，目光虽不会无时无刻看着她，但她就在那里。他离开了土地，却不必然耽溺在海洋里，海天一线，像在布丹的画里，它们在黄昏时缔结了姻亲。

这里不是温顺的威尼斯，时间的星级旅馆，在这里，一切戏剧性都被接纳，决斗，自杀，佩罗斯就在后台和前台之间静静地观察，当沉默寡言的他需要写点什么，他就回到乱糟糟的书房，边弹边唱一支舒伯特，把自己关很久，把自己抛掷到孤绝的境地。在普鲁斯特来旅行的年代，相比于邻省的诺曼底，这里还是一片荒凉，且在佩罗斯眼里象征着西方的没落，他感到压抑，压抑得难以喘息，就写点什么，也不是为了对抗什么。多少人已经死了,多少人还活着并受苦、并快乐。海水睥睨着一切。潮打空城。

这样雨丝风片的写法，不需要像连载小说那样写上好几个月或几年，佩罗斯一直不觉得这是一份工作，他只是需要一种状态、一种呼吸。看见了海鸥，读了本思想史，或者有贝多芬来敲门，他就记下来，主要是生命的偶然和意外，这些格言体在好友米歇尔・布托看来是继承了18世纪道德小品文的传统。

佩罗斯出生时死了兄弟，来自加莱农村的母亲把童年的他打扮成女孩，像是里尔克的母亲对里尔克做过的那样。成为“独生子”的他一生都在寻求手足之情，热拉尔·菲利普和米歇尔·布托是他有幸找到的。通过努力，他来到巴黎，住在巴蒂尼奥勒街区，离父亲上班的保险公司很近。他也念了普鲁斯特念过的孔多塞高中，去公学院听扬凯列维奇的哲学课、瓦莱里的诗学课。他拜访纪德。他发现了戏剧。

语言是沉默的邻居，有山，有海。

这样的日子连禁闭也变得开心了一点。他和巴黎的朋友们保持通信（这是他一生写得最多的作品）。佩罗斯带着他个人的有限的词语背包——赭黄色和天蓝色混搭的背包——度过一生。词语是他的工人，他是善待它们的工头，他不知道成品是什么，但他希望大多数是合格的，尽管合格也让他羞愧，惊诧于出自自己的拙笔，像到了一定年龄，可以从墙外窥见墙内的自己。

和兰波一样，佩罗斯也是位少年诗人，但就像绝大多数兰波的读者很快意识到自己不是兰波以后一样，他只写了少量的诗，很少修改，他把对诗的感情都寄托在了散文的矩阵里。

晚年患喉癌的他，越来越发不出声音。一天下午，布托来到病床前看他，简短的几句家常过后，就少了言语，互相傻笑。佩罗斯人之将死，开始在病床上写起临终这段时间的自传。死后，热拉尔·菲利普没来得及认识的女婿热罗姆·加尔桑为佩罗斯的纪录片写了脚本。

我把阿兰的小说手稿借回家，前后看了一个星期，作为普通读者，觉得不赖，大概他自己要求很高，不愿再联系出版社发表了吧。还给他时，他双手颤颤巍巍地又给塞进了鞋盒。不留痕迹地活过，也好。

几年前，我去法兰西喜剧院看过莫里哀的《恨世者》，排很长的队伍，坐最后一排，17 世纪的台词我大多没有听懂，与其说恨世，不如说厌世。既不是佩罗斯演的，也不是阿兰演的。封城日久，我和阿兰都有了去布列塔尼的“报复性”念头，这时候，只愿做沉默的邻居，有山，有海。

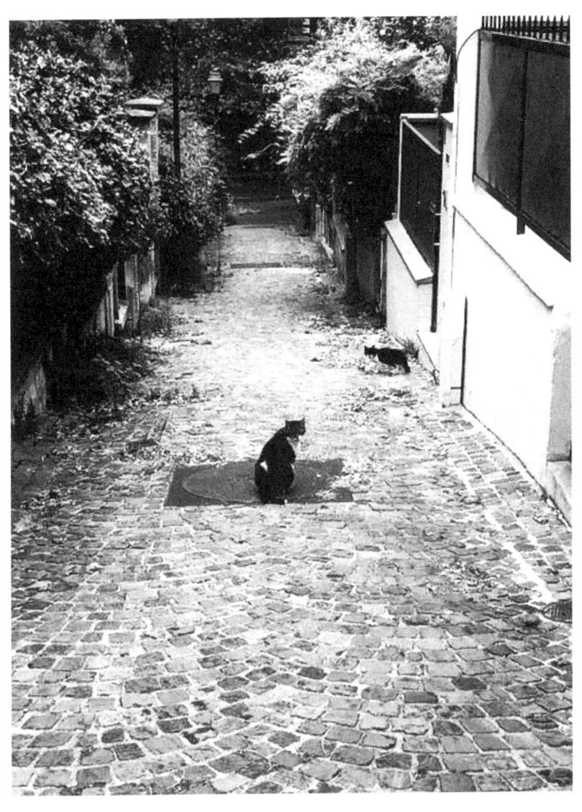

巴黎 19 区“别墅”小径上的猫。

夜读杜甫，微醉作此篇，兼怀星海

枯坐在巴黎的深夜里，曲终人散后还愿有烈酒补饮，好了却空惘的一天。事物的味道，虽尝得不早，现在竟有了些体会。便决心做一个酒徒。怎奈生锈的感情又逢巴黎的暴雨天，三杯两盏下去，反倒清醒起来。于是从斗室仅有的几本中文书里挑出一卷《杜甫集校注》，随手翻到《中夜》：

> 中夜江山静，危楼望北辰。
> 长为万里客，有愧百年身。
> 故国风云气，高堂战伐尘。
> 胡维负恩泽，嗟尔太平人。

霎时间觉得入定。那种寂灭，已不是喧哗的对立面。一首接一首读下去,寂灭的心情并没有稍纵即逝。也不是因为首联着一个“静”字，心里就安定下来。词不达意是更常见的处境，往往是手可摘星辰的错觉，何况这星辰在斯宾诺莎的眼里不过是唯一实体的自然创造的作为样式的自然。

至于失眠，有时也该有坦然以对的感激之情。狂风暴雨的夜里，不见星月。读着杜甫的诗，却怀念起了星海。

1934年，二十九岁已不是初来巴黎的冼星海，为了生计，依旧常在街头的小酒馆门口拉小提琴，脚下的琴匣旁放着一个盘子，一天下来也不会有几个铜板。他被装进自己的影子里，就像小提琴在黑色的琴匣里。

留学生当中吝啬的富家子弟并不和他来往，且因他在餐馆演奏丢了华人的脸而羞辱他。他衣衫褴褛，险些被拒考场之外。他在西餐厅当跑堂，在理发店干杂活，前后失业了十几次。一天，凌晨打烊回家的路上，他累坏了、饿坏了，像一个来不及脱掉衣裤就蓬头垢面睡着的米开朗琪罗，躺在街边的绿色长椅上，昏了过去，巡逻警察以为是冻死路边的乞丐，正打算对尸骨进行登记，还好他醒转了过来。

回到顶层仅有人高的阁楼，门窗破洞，没有衾被，单人床离 queen size 还太远，煤油灯下是他的白头。冼星海听着寒夜里呼啸而过的朔风，夜不能寐。此情此景，不禁让他想起杜甫《茅屋为秋风所破歌》中的句子。

我看见他坐起来在五线谱上奋笔疾书，音符跳荡，曲谱时而被怒号的风卷起，他跳起来，摘下那些纸片，完成了女高音三重奏《风》。他两条腿站在方桌上，从天窗探出身子，拉动琴弦，似要上达天听，似乎此曲只应天上有，那是生于渔船的作曲家和溘逝孤舟的诗人的共鸣。我看见两道生命的伤口，在通往绝望的临行前，密密地缝合在了一起。

时在巴黎的俄罗斯人普罗科菲耶夫非常喜欢这部作品，并特地在巴黎的广播电台作了介绍，让它获得了在公开场合被演奏的机会。在这位伯乐的推荐下，冼星海进入了国立巴黎音乐学院，师从印象派音乐大家保罗·杜卡教授。教授说："按照学院的传统规定，你可以自己提出物质方面的要求。"冼星海想也没想直接说出两个字："饭票！"

有时，星海是幸运的，巴黎五年，他勤学苦练，创作了《游子吟》和《D小调小提琴奏鸣曲》等作品。有时，星海是不幸的，他没有钱在求学的间隙回国，对母亲的思念折磨着他。

枯坐在巴黎的深夜里，我看着上一次手术后的缝合线。那时，我躺在病床上，母亲的眼皮耷拉着。长时间的麻醉让我不再感到疼痛，但药效过去后，疼痛难当的我总是把母亲的手臂拍打得通红。有时二姨会过来看我，压一压我鱼腩般的肚皮，把尿液往外排。母亲背过身，拭掉眼角如枯枝上露珠般的泪，小声对二姨说："静，这个孩子这么倔强地要出国念文学，到了那边又没个人照顾，他这么不爱说话，更别说外语了，我们又不是有钱人的家庭，你再帮我劝劝他吧。"

很多个星期天早上，我都会打开法国广播电台收听一段巴赫，并细心比照古尔德《哥德堡变奏曲》几个录制版本的同异。我在巴黎的第一年就住在巴黎爱乐厅和国立巴黎音乐学院附近，可惜没怎么去过，那时俱怀逸兴的自己还没法潜心下来体会只有音乐做伴的滋味。

上个月从兰波的故乡归来的夜里，得知意大利指挥家穆蒂在爱乐厅演出的消息，来不及吃晚饭就转车过去。曲目里有普契尼的《曼侬·莱斯戈》、威尔第的《四季》和马斯卡尼的《乡间骑士》等。穆蒂今年七十七岁了，不时还能看见他穿着锃亮的皮鞋伴着音乐优雅地轻轻跳起。

我想到站在壶口瀑布边指挥的年轻的冼星海，他就像在巴黎阁楼的桌子上一样气势恢宏地跳起。《黄河大合唱》应该还属于印象派的作品，在世界范围内考察，不算是最有阅读难度的乐章，但在中国现代音乐的历史上的确罕见。

有时，星海是不幸的，年仅四十岁就离开了人间，他的未来本不可限量。有时，星海是幸运的，不用像在巴黎结识的好友马思聪一样遭受那么多苦难。

作为一位音乐家，别人因为你认得几个音符而喜欢你，这本该是件高兴的事，可才华是不持久可靠的，甚至是危险有害的，甚至你对它还能不能打动正直的人都心存怀疑。尽管你那么需要有人爱你，但又希望人们远离你，把你留在这个阁楼里，出门前在浴室里做几次深呼吸。你不希望她只是欣赏你的学养，可除了这点无人问津的学养，你在各个方面都不讨人喜欢。

冼星海也是个多情的种子。一个叫露易丝的法国姑娘爱上了他的才华，或许也爱他的全部。在那首《风》里，冼星海负责小提琴的部分，钢琴部分则找到了露易丝，琴瑟和鸣。虽然不能确定他们离别的真正原因，但母亲病重的消息和国难当头的状况也许是偏移天平的砝码。

是夜，巴黎的天空是苏拉热的黑色，窗关不严实，暖气片调到最大挡，我看见银河的天马有翼飞翔，它的阳物凸起，却没有一双手满足亵渎的理想，它踩着火球就要夺窗而入，野火，野火，为了躲避这场烧焦的野火，我读杜甫的诗。

更换夏令时的日子一过，巴黎昼短夜长的长冬便将尽了。雨雪天过去,太阳底下会有更多踏青的日子。今夜我却怀念起那过去的冬夜，且听自己的步履踏在回家的石板路上，愈是静夜，愈发出清脆的声响。昏黄的灯光照在游子的衣襟上，像是回到 1930 年代摄影师布拉塞的巴黎之夜，不免几次三番想象自己是冼星海，为那样的夜演奏一曲幽蓝色的颂歌。而我终究不是他，只好用贫薄的词语为他在巴黎的天空烧出一片滚烫的星夜。

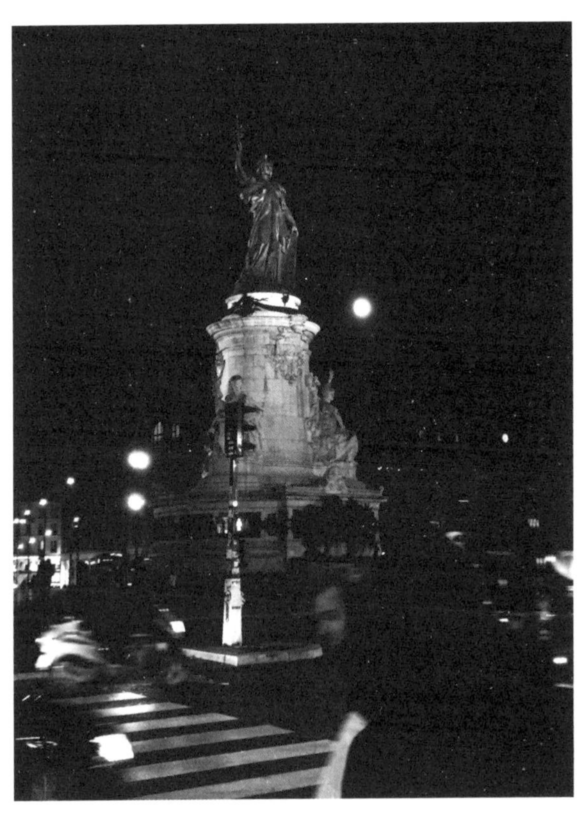

家附近共和广场的巴黎圆月夜。

寒假通知里的卢梭

2015 年的寒假是我在法国度过的第一个寒假。还有两个星期就要从外省到巴黎与教授面谈，如果他同意我的选题，博士入学就只剩下一些简单的注册程序，而如果我表现欠佳，则要继续投递，或者打道回府。我宅在霉烂的小房间里,在除夕夜打电话给父亲，绘声绘色地描述着和同学们共度佳节的盛况。

电话那头，一大家子人喝了点酒，父亲拨通了微信的视频聊天，把电话递给母亲（多年来，我和母亲像有了默契一样只语音不视频）。她的脸离镜头太近，显得比平时更胖。她的头发更白了，皱纹更深了。挂断电话后，这个画面萦绕在我心头。

另一个画面：我四岁那年冬天，父亲从北京进修回来，据他说是在西单的百货商场给我买的电动陀螺和飞机模型，当时我和母亲躺在床上，我依偎在她怀里，听她念《爸爸妈妈教唐诗》，封面似有几只小猫。

母亲十七岁从酉阳师范专科学校毕业就开始教语

文，先教了四年小学，然后是初中。十七岁在兰波的诗里本是什么都不在乎的年龄。后来她到西南师范大学念了一个中文系的函授本科。那时我刚小学毕业，她照着中学生必读课外名著书单给我从市区买回几本鲁迅，还有几本俄国的、法国的小说。

明年她就到退休年龄了。她对文学和人生的理解是质朴的，甚至不超出那六本教材，但也足够了，就像福克纳晚年只需要阅读《圣经》和莎士比亚。她晕车，不大爱旅行，语文课本里提到的景点她几乎都没去过。

我在高中学校的公众号上看到一则寒假通知，形式是一封学校老师致家长的信，题目似乎在说家长陪孩子慢慢长大之类的事。写信的这位老师引用了一段卢梭的话：

> 大自然希望儿童在成人以前就要像儿童的样子。如果我们打乱了这个秩序，就会造成一些早熟的果实，既不丰满也不甜美，而且很快就会腐烂：我们将造就一些年纪轻轻的博士和老态龙钟的儿童。

看到这封信的落款，我才意识到写信的人是我高一的语文老师。

2005 年的寒假是我在重庆度过的第一个寒假。我坐在学校后门这位老师的宿舍里。他的脸上长满了也许还青春的痘，手臂上的青筋有些暴露，可能是刚练过哑铃的缘故。他小心翼翼打开自己的书柜。放不下的书就放在地上。冬天的重庆湿气很重，在斗室住久了，书会先于人而霉烂。

正是在这个书柜里,我第一次接触到了波德莱尔。对于当时的我来说，那些发生在巴黎的忧郁是不能理解的，好在这本书配有一些 1930 年代生活书店旧版本的精美黑白插图，让我第一次领略了蛇蝎的美。当我提出想借这本书时，他的脸上泛起带些褶子的犹豫。他知道我本是冲着古诗词来的,就把龙榆生的《唐宋名家词选》和《近三百年名家词选》塞给了我。

之后,我们约着去学校后门陈家湾的旧书摊看看。迷宫一般的地下书摊，像是金五星批发市场的构造，好在他认得路，还有熟识的摊主。这里的摊主不见得读过这些年代久远、定价低廉的书，谈高兴了讲价甚至论斤卖都可以。正是在这些书摊上，我买到了朱东润编的六卷本《中国历代文学作品选》和 1973 年版鲁迅的《野草》，还有竖排繁体字的外国小说，法国的居多,比如司汤达的《巴马修道院》、巴尔扎克的《幻灭》，至今我都还记得《幻灭》里的一句话："野蛮的共和党人带着可怕的善良对吕西安说：你能成为伟大的作家，但是你永远是个小丑。"

这位老师是在重庆另一个区县长大的，在成都一个二本师范学校读的大学，但他也许幸运地得到过一位老先生的指点，大学四年疯狂地读了很多书。他知道自己的家庭条件没办法给他提供更多深造的机会，快毕业时他就有意识地培养自己课堂教学的能力。我念的那所高中，今天即便是国内最好的师范学校毕业的硕士生、博士生，也不容易进得去，但当时他幸运地被副校长赏识，破格招聘。

我虽然分在理科实验班，但大家对于文学似乎都很热忱。这位青年老师让我们各自选一首古诗词，轮流在每次语文课头五分钟上去讲。我记得我当时讲的是清代诗人舒位的《杨花诗》："歌残杨柳武昌城，扑面飞花管送迎。三月水流春太老，六朝人去雪无声。较量妾命谁当薄，吹落邻家尔许轻。我住天涯最飘荡，看渠如此不胜情。"

后来，我数理化不能及格，便转去了文科班。

后来，我终于和一头白发、满面红光的法国教授在"拉丁美洲之家"的咖啡馆见上了面。他听得出我的法语没学多久，说不利索，博士论文的选题，参考书倒是列了几本，估计也没有认真看过。但半小时后，他就爽快地答应了我的申请。他付了两杯卡布奇诺的钱，说："你还不知道的可以慢慢学，重点是你喜欢就好。"

念硕士时，我的导师刚从巴黎拿了博士学位回来。她传递给我许多新知，尽管当时很流行法国理论，但更多时候她还是告诫我们要回到文本上来。马丁·吕埃弗教过她分析《新爱洛伊丝》里的描写手法，我想这是她在法国学得的方法论吧。

研究生入学的时候，导师抄了一段卢梭的《爱弥儿》给我：

> 爱弥儿没有很多知识，但是，他所知道的，都是实打实地他自己的。他所知道的没有一样是一知半解的，在他知道的数量有限的事情中，他非常清楚地知道最重要的一件事：有很多事情，他还一无所知，但是有朝一日他会知道的；还有更多的事情别人知道，但是他可能一辈子永远都不知道；还有无数其他的事连人类可能都永远不会知道。

冬天在塞纳河边的旧书摊闲逛，想着当年常书鸿或戴望舒在这里翻阅的样子。懂行的老板，戴着皮手套和圆礼帽，像个世外高人一样，向我推荐了吉奥诺的书，那些南方农村的故事，有着卢梭或可向往的清新与自然。

这时，我便想起高中的语文老师，他那会儿刚刚本科毕业。我想到我的母亲，西南山区一位普通的初中语文老师。母亲当初反对我研习文学，后来，她知道我在写文章，渴望成为一位作家。

巴黎先贤祠右侧的卢梭雕像。

当艾略特走进柏格森的课堂

只有凭着形式、图案，
言词和音乐才能达到
静止，就像一只静止的中国花瓶
永远在静止中运动。
——T. S. 艾略特，《四个四重奏：燃烧的诺顿》

艾略特的母亲不希望他去法国留学。在 1910 年 4 月 3 日写给儿子的信中，她说："一想到你一个人在巴黎，我就无法忍受，光是写出来就让我发抖。那些说英语的国家其实并不让人陌异。我不钦佩法兰西民族，对该民族的个人也不如对英国人有信心。"

艾略特去巴黎绝非突发奇想，而是酝酿了好几年，他在晚年的访谈中表示那时候的法国在他的眼中尤其代表着诗歌，这对一位青年诗人无疑是具有吸引力的。他开始学习法语，在哈佛大学修人文主义者桑塔亚纳和白璧德的课程，后者的"19 世纪法国文学批评"

对他影响尤深。艾略特喜欢听课,因为他相信马修·阿诺德心中的“高级文化”是需要精英的课堂来吸收和传承的。

当时的巴黎，哲学家柏格森声名正盛，艾略特在美国时也早有耳闻。前来法兰西公学院听柏格森讲课的学生通常需要提前七十五分钟占座，有的只能趴在教室窗台上，甚至还出现过踩踏事件。这样的盛况后来可能只有萨特享有过。不过柏格森很快就沉寂下去了，直到德勒兹等人将他重新发扬。

柏格森当时有多火呢?翁加雷蒂、曼德尔施塔姆、茨维塔耶娃都慕名而来，就连兴西学不久的中国人也有言必称柏格森的意思，不管是激进派如李大钊、陈独秀，还是保守派如梁启超、梁漱溟，抑或自由派如宗白华、朱光潜，都能从柏格森这里获取思想资源。

艾略特回忆道:“要了解时人对柏格森的狂热，应该去他的课堂，规律地去，每个星期，在法兰西公学院人满为患的教室里。”

法兰西公学院在16世纪就已建校，历史悠久，且与时俱进，比如，有个广场就叫福柯广场。尽管吾生也晚，没能赶上大师的时代，但有时候我也去听课，却总觉得不大自在，因为周围都是白发苍苍的老人，俨然一个“老年大学”，谈论的也是对法国年轻人文化传承的忧虑。不过，教室的硬件设施确实比一百年前舒服多了。

法兰西公学院的课堂讲义这几年也陆续出版，不断刷新着学界对柏格森、巴特、福柯、布迪厄等授课老师的认知。从雅典学园的论辩到春服既成的闲谈，历史上有很多大家不把时间都耗在自己的写作上，他们也用心于讲义，这多少是因为他们觉得课堂是重要的文学形式。他们并不单单寄望于少有的天才般的馈赠，相反，在课堂交流中，他们有了新的生产。有很多人一辈子都没有离开课堂，课堂不只是步入社会的准备，它本身就是一种生活形态。

柏格森的课通常从头一年的 12 月初讲到第二年的 5 月中旬。

从 1910 年 10 月到 1911 年 10 月，艾略特在巴黎待了整整一年。他租的房子虽然离法兰西公学院不远，但还是因为占座失败，错过了那学期的头两次课。然而，从艾略特的笔记来看，他只坚持听到了 2 月底。究其原因，一方面，他受不了人多的地方，课堂纪律和课程进度确实也受过干扰；另一方面，他法语不好，再加上英语和法语有时容易混淆。我们可以看到他笔记本上满满的语法错误。对于一位学习法语不久就要接触哲学的诗人而言，这实在是情有可原。艾略特认为，在巴黎浪漫的一年（他居然少见地使用了“romantique”这个词），自己要有意识地少用英语，渐进地提高法语水平。艾略特当时有一个法语语伴叫让-于勒·维尔德纳尔，很可惜他1915年在“一战”中阵亡了，艾略特最早出版的诗集《普鲁弗洛克及其他》就是题献给他的。

那么，柏格森这学期在讲什么呢？主题是“人格”。从课程大纲里我们可以看到，柏格森大致从人格的感觉和情感入手，切入人格的理论。他追溯哲学史上经验论、理性论、批判论这三条线索：从休谟的经验论说起，兼及康德对休谟的批判；理性论这条线牵涉了柏拉图、亚里士多德和普罗提诺；批判论主要涉及康德。最后，柏格森还处理了作为建构的时间、绵延的繁多、时间与绵延的图像等问题。艾略特那篇读诗、写诗的人通常都不会绕过的宏文《传统与个人才能》里面就有不少这些问题的影子。

1912年圣诞节，艾略特给母亲的礼物是他翻译的柏格森著作《形而上学导论》（艾略特喜欢使用“形而上学”这个词，比如，他认为把瓦莱里追求的“纯诗”叫作“形而上学诗歌”更合适）。1913年到1914年，艾略特回到哈佛大学撰写关于柏格森的硕士论文。艾略特短暂“皈依”柏格森的这几年被大家视作其生命中的柏格森年。这在他早期的诗作《多风之夜狂想曲》里可以看出端倪：

十二点钟。
沿着掌握在月光合成中的
街道的各处地方
在悄悄施展着月亮的魔术
消融着回忆的立足点
以及所有它的清楚关系
它的各种分歧与准确性，
我经过的每盏街灯
像一面决定命运的鼓在敲响，
而通过那些黑洞洞的空间
午夜在摇撼记忆中过去的一切
像一个疯子摇撼一株死了的天竺葵。

尽管艾略特去牛津大学后很快转向了关于布拉德利的博士论文，但我们还是能在他的诗中继续发现柏格森的抓痕：

> 因为我已经熟悉这一切，熟悉这一切——
> 熟悉了那些黄昏，早晨，下午，
> 我曾用咖啡勺衡量过我的生活[……]

这个图像（柏格森让艾略特最着迷的就是哲学家对图像的阐释)在柏格森 1907 年出版的《创造进化论》里能找到相关的表达：

> 他们每个人的过去、现在和未来的历史都会一下子展开，像一把扇子。

柏格森给了来听课的曼德尔施塔姆一个“扇喻”的启示：“用扇子表达事物之间的联系，较之直线型的因果关系更接近现实。”在《词语的本性》这本文集里，曼德尔施塔姆写道：“柏格森分析现象，不以时间先后为法则，而是在某种程度上把现象铺展于空间。他只关注现象间的内在关系，而为之脱去时间的束缚。如此联系在一起的现象并成了一把扇子，既可在时间中逐一展开，亦可在思想中任意折叠。”

艾略特用咖啡勺衡量了他的生命，他钟情于柏格森的时间观。而柏格森的其他拥趸呢？夏尔·佩吉是听课最认真的一个，侧重的是柏格森的记忆学说，他在死于“一战”前出版了相关笔记。

跟艾略特同一年，自称反对浪漫主义的英国诗人休姆也翻译了《形而上学导论》，他颂扬柏格森的直觉论，如柏格森所说，“主体通过直觉看到的事物不是某种形式的转化，而是事物本身”。此外，休姆还在《浪漫主义与古典主义》一文中表明了自己“柏格森主义”的立场，他认为浪漫主义与古典主义的两个区别就在于是否运用心理的某种特殊机能观察事物本身的样子、是否摆脱了那种被驯化的惯常看待事物的方式。

翁加雷蒂 1913 年也在课堂上认真记了笔记。柏格森影响的意大利人还有马里内蒂，后者在其《未来主义宣言》里原封不动地引了柏格森的话。

艾略特更希望有人找他谈谈法语诗人于勒·拉福格的《悲歌》对自己的影响，但英美的记者们还是希望他多说说柏格森，更何况两人都拿过诺贝尔文学奖。

艾略特在笔记里写道：“一幅画只有在其每一个图形都各安其位并如其所是时才是完整的。”

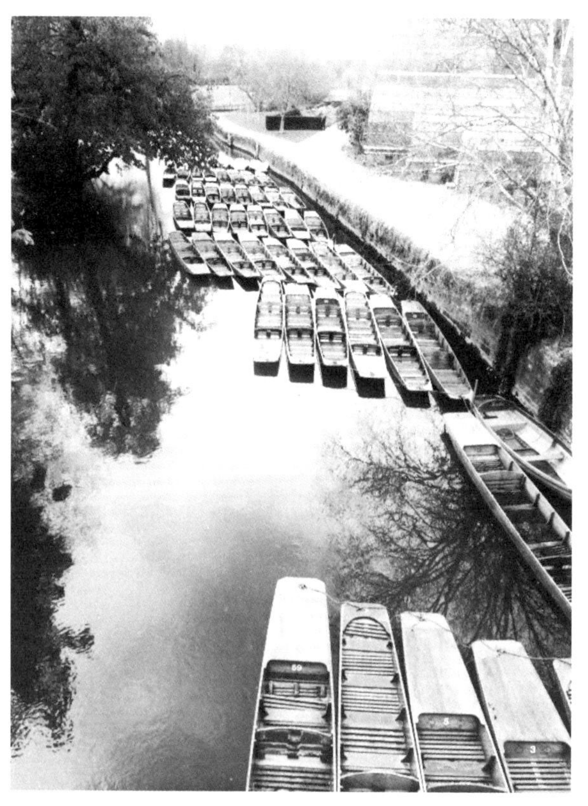

英国牛津大学校园内的平底船。

贾科梅蒂先生今晚出门散心去了

很长一段时间，贾科梅蒂总是彻夜失眠。揽衣，推枕，起身，徘徊，包裹在沾满颜料的灰呢大衣里，踌躇于巴黎的夜色，等青铜的身体在凉如水的台阶一点一点溶解。被风削掉的鼻子，像是早期情色版画里伸进贵妇人阴道的长枪；被雨侵蚀的手掌，像是考古遗址里出土的善男子拈花的残片。巴黎是个开敞的牢笼，没有基座可踩，没有战车可登。夜行的动物不知道要去哪，他们彼此疏离，相看生厌。在这些被放大比例的芸芸孤独中，贾科梅蒂体认到了自己更为根本的孤独。

贾科梅蒂镂空的胸廓已经液化为一片枯瘦的山水，直至不再是一个虚构的角色，一个行走的人，而是一道泛着崇光、赏着残花的视线，抬眼就望见瘸腿的幽灵窥淫癖般掀开巴黎高楼的屋顶。贾科梅蒂也是一个透明的幽灵了，断魂的行人遗忘了存在，听不见他的喉音，这种痛苦，比失去亲人而神经衰弱只好在夜里行散的痛苦还要遽迫。他抱着亲手浇铸的人形雕塑，翕动的嘴唇仿佛吸进世间所有的尘埃，穿堂风凿空眼睛，仿佛炼狱才有的惩处。贾科梅蒂抱着一个缩小了比例的婴孩，随时可能将其摔碎。

他总是步履匆匆，摄影师布拉塞在去他家的路上没有看见他。布拉塞没有晚睡的习惯，但这次要为模特的生物钟做些改变。开门的是贾科梅蒂的夫人安妮特。

——您好，夫人，我是来给贾科梅蒂先生拍照的，这是我的名片。

——不好意思，他刚出门散心去了，可能会晚归一点，他让您坐在他画架对面的椅子上等他一会儿。

从 1940 年代末期起，安妮特便是贾科梅蒂至死不渝的主要模特。画室入口处就有一件未完成的半身像作品，安妮特的面部深深凹陷，狭长的形状又加重了她眼中透露出的紧张感，似乎内心正饱受折磨。她说丈夫前阵子提到："当我看到各种各样的生命和他们的头，看到地平线上的眼睛和眼睛的弧线，看到水域的分流时，一切都有了一种基础的形式。我不再理解生命，不再理解死亡，也不再理解任何事。"

摄影师布拉塞接过安妮特递给他的水杯，打量着贾科梅蒂的工作室，试着先拍了一些影影幢幢丛生的青铜人像。他刚给作家让·热内拍过照。热内也是贾科梅蒂的模特，他将为雕塑家写出一篇精美的评论，他会说："美只源于伤痛，每个人都带着特殊的、各自不同的伤痛，或隐或显，所有人都将它守在心中，当他想离开这个世界感受短暂而深刻的孤独时，就退隐在这伤痛中。"

上次贾科梅蒂送布拉塞出门时，他给站在门边的艺术家拍过照。他记得贾科梅蒂和热内都有一张早衰而疲惫的脸，皱纹的线条下垂，应岁月千磨万凿的要求，锋利又疲软。

布拉塞喜欢拍摄夜景，有过美术基础的他对照片的感光和构图很是讲究。1930 年代，他对明暗光线的掌握独步巴黎。他的镜头里是斗殴调情的地痞，是风尘卖笑的妓女，是肉体受刑的流浪马戏演员，是青春消逝的小酒馆。夜雨中，一个裙角微扬的背影及其以水台高跟鞋为分界线的倒影，背对着我们，湿漉漉地向着巴黎长街的未来清雅地走去。

住在 14 区的贾科梅蒂不会拍照，但他的眼睛就是一台相机。贾科梅蒂穿过夜雨中的阿莱西亚街，这个瞬间被另一位街拍大师布列松决定性地捕捉到了。

——您已经到了，抱歉我刚才出去了。

——没有关系，那我们现在就开始吧。

布拉塞卷了一根烟，不需要听解释，他们心照不宣。安妮特已经到楼上就寝了，一会儿有几个妓女模特要来底楼的工作室，布拉塞得抓紧时间。贾科梅蒂坐在凌乱脏污的床上，举起刚完成的一只长臂断手，五根细长的手指朝五个方向孤单地张开；抑或一只手端着自己的作品，另一只手拿着锉刀，工作台上全是碎屑。

贾科梅蒂在给兄弟迭戈塑像时寻找“他我”。这个“他我”是如此切近，以至于贾科梅蒂的处理也变得更严苛。布拉塞在贾科梅蒂身上寻找的是另一个“他我”吗？拍完照后，他们约好下次见面的时间地点，各自游荡进夜的黑暗中。

贾科梅蒂走在夜里，他爱上了一个衣衫褴褛的流浪女。那个女孩几乎秃顶，头上长满肉瘤。贾科梅蒂不是圣人，至少他觉得自己没有那些妓女神圣，只是他约略幸运地见到过众生的平等与美丽。贾科梅蒂喜欢她，但不能娶她，因为他不想被视为爱情里的慈善家。

贾科梅蒂对热内说：“妓女身上让我最喜欢的东

西就是她们没什么用处，她们就在那儿，就是那样。”深藏着那些妓院的记忆，他雕塑时与裸体妓女之间的距离，正是这些作品与我们之间的勾连。在这些妓女当中，最让他牵肠挂肚的是他晚年的最后一个情人，最后一个模特，二十岁的卡罗琳。

贾科梅蒂如果还活着，看着在尼斯孤老的卡罗琳，那个被丈夫虐待的女人，怎承受得了内心瀑布般的落差？如果贾科梅蒂从她室内的肖像画里走出来，他想必还会爱她，想必还是会为独占花魁而向催债的皮条客扔出两沓透支的钞票，她的价值远远超过这些铜臭。这个不相信银行，把收入储存在画室角落里，总是把钱乱扔一地，和妻子为财务争吵不休，让访客以为他花钱大手大脚的贾科梅蒂，顶着蓬乱的白发，愿意千金散尽为卡罗琳买最新款的敞篷轿车。卡罗琳，不知道是哪个伤害过她的男人为逃离家乡的她取的艺名，她早就忘记了那些只相处了半个钟头的男人，她的心里只有贾科梅蒂，她要成为贾科梅蒂这个花花公子唯一的卡罗琳。

——布拉塞先生今晚出门给贾科梅蒂先生拍照去了。

——真遗憾，麻烦您告诉他一个也喜欢普鲁斯特的读者曾来过。

走出布拉塞位于卢森堡公园附近的家，我又乱步于巴黎的街头，看着没有完全熄灭的晚霞的影子，看着塞纳河上摇曳徐行的孤帆。布拉塞说过，巴黎的城墙是世上最大的博物馆，墙上是他一生执迷不悟的涂鸦。

这样的夜里，我没有“道德勇气”去妓院，这让我想起普鲁斯特。猎奇的传记作者计算着普鲁斯特每周手淫的频率，这个频率在他的青年时期更高。心急如焚的父亲给了他几个法郎，赶他去妓院，他却因为过度紧张打碎了一个夜壶，需要赔钱。他不得已偷偷给祖父写信借钱。

普鲁斯特是一个外表看似柔弱羞赧，却欲如雅各般与天使搏斗,有着精神强度的巨人。只是再强的人，也有疲惫的时候，但也只有疲惫才能让他振作。体虚的普鲁斯特渐渐地不能像参加朋友婚礼下台阶时那样健步如飞了，尽管他并不担忧一个踉跄会再让他来一次“非自主记忆”。

现在他要穿上他著名的黑呢大衣，拄上手杖出门散会儿心。隔壁小夫妻做爱的声音实在太吵，老旧的巴黎套房隔音效果实在太差，来自礼仪之邦的男女做爱时的污言秽语逼得他给房东写信投诉。男人来自索多玛，裁缝絮比安把男爵夏吕斯用铁链捆绑起来，眼看他皮开肉绽，眼看他大叫大嚷，眼看他受尽酷刑；女人来自蛾摩拉，凡特伊的女儿和女友扭缠一块儿，对着父亲的遗像吐口水。嫁给圣卢的吉尔贝特穿着妓女拉谢尔照片里的衣服，希望勾起丈夫的记忆和性欲。

普鲁斯特系好自己的鞋带，想起曾给他系鞋带的外祖母。如果说照片里的形象（他指责外祖母的着装，却不知道她就要死去，她希望外孙看到照片时能想起她）是外祖母的"第一次死亡"，那这就是外祖母在他心中的"第二次死亡"，也是"真正的死亡"。

匈牙利人布拉塞二十五岁来到巴黎时，只身一人，住在蒙帕纳斯。他对"拾得物"有着特殊的爱好。他尤其喜欢从沙滩上拾得的鹅卵石。这些鹅卵石有着多种多样的形状，有的像人的身体，有的像游鱼、飞鸟，像脸庞。他曾说："大海是一位善于创造奇迹的雕塑家。"布拉塞的鹅卵石承载着雕塑诞生之初的模样。在他用鹅卵石为朋友毕加索和艺术品收藏家沃拉尔创作的肖像中，已有如同摄影师捕捉模特那般极度的注意力。见过贾科梅蒂的雕塑后，他把自己的创作从雕塑转向摄影。

虽然父亲曾在索邦大学教书，但布拉塞几乎不会法语，他通过阅读普鲁斯特来学习这门语言（“二战”期间，热内也通过阅读普鲁斯特来提高自己的法语）。两年前，这个五十一岁的法国人去世了，他的弟弟在整理他的遗稿，刚刚出版到第五卷 :《女囚》。布拉塞喜欢这一卷。美国人米勒——布拉塞的好友，他称布拉塞为“巴黎之眼”——也喜欢这一卷。

那天我约了布拉塞一起去奥斯曼大街拜访普鲁斯特。摇过铃后，开门的是普鲁斯特最忠实的女仆塞莱斯特。

——普鲁斯特先生今晚出门散心去了。

——您知道他大概几点能回来吗？我们是他忠实的读者。

塞莱斯特摇了摇头。我们只好怏怏而归。布拉塞手里握着自己去世后出版的遗作《受摄影影响的马塞尔 · 普鲁斯特》。

跟罗兰 · 巴特一样，布拉塞也关注普鲁斯特与照片的关联。照片在普鲁斯特的生平、作品和思想中都起着至关重要的作用。1973 年，布拉塞卧病在床。他断断续续撰写这本书也有十来年之久，直到弥留之际。

年轻时的普鲁斯特也是喜欢在镜头前“搔首弄姿”

的翩翩公子，还把照片分发给朋友们或出版社珍藏，等有一天印在自己著作的扉页上或他人的回忆录里，但凡参观过贡布雷故居的游客都有这个直观。这些照片的艺术质量不见得有多高，但正如大多数作家对照片的使用，它们帮助作家记忆，通过对照片的叠加、比较，去重构一个人际的世界。尽管普鲁斯特认为单张照片还不是自足的艺术，但借助那些洗过化学浴后在暗房里显影的银盐底片就会发现：原来，小提琴手莫雷尔是看见了夏吕斯男爵的照片，内疚与恐惧一时涌上心头，才逃逸的；原来，阿道夫舅公的“红衣女子”萨克里邦小姐就是斯万的妓女情妇、吉尔贝特的母亲奥黛特。

照片在《追寻逝去的时光》里无处不在，歌剧名伶拉贝玛的照片，以及盖尔芒特公爵对马塞尔说起的照片：“斯万过会儿要来给她［夫人］送他的马耳他骑士团钱币论文的校样，更糟的是，还要给她送来一张印刷有钱币正反面的大照片，谁知这张大照片会引发夫妻不睦。”视角的切换、观察的取景、叙述的角度，尤其是潜像和“非自主记忆”之间的相似性和隐喻，于刹那见永恒。

贾科梅蒂在提到《城市广场 II》时说：“像蚂蚁一样，每个人看起来都在朝着只有自己知道的方向移动。他们彼此擦肩而过，并不看对方一眼。或者说，他们是在绕着一个女人走动。一个一动不动的女人，和四个或许将在走动中与这个女人产生关联的男人。”

潜意识的力量让夜晚成为我们的暗房，于是要有光，这光来自街道的电灯，来自汽车的前灯，也来自我们交织的目光。世界在今晚的巴黎瞬时冲洗出一部自足的相册，照见几个“非自主记忆”起来的孤零零在夜里出门散心的人类身影，有贾科梅蒂，有布拉塞，有普鲁斯特，有我，有你。

巴黎 14 区贾科梅蒂的画室。

和瓦尔泽先生雪路浪游

月是夜晚的伤口，雪是白昼的盐。在伤口上撒盐的，是时间的风。

我是罗伯特·瓦尔泽先生的一个跟班，我叫卡尔·泽利希。先生在这家精神病院已经生活或佯装称病二十七年了。二十三年前，他彻底停止了写作。二十年前开始，我会定期来探望他。先生的哥哥姐姐去世以后，我成了先生的监护人。我知道有一天人们会从雪地里发现他的名字，把他视为 20 世纪最伟大的瑞士德语作家。我在等这一天。

我出生于 1894 年的苏黎世，是一个丝绸印染厂老板的儿子。1910 年至 1915 年，我就读于特罗根的州立学校。1916 年，我在纳沙泰尔的高等商学院学了一学期工商管理。1917 年，父亲突然意外辞世，母亲有意让我经营家族企业，虽然我继承了一笔可观的财富，然而我志不在此，遂转学到苏黎世大学修读法律、语言学和文学课程。我在 1920 年离开大学时没有要那一纸文凭，这倒不是因为我孤标傲世，或者我家境优渥不需要工作。在刚刚战败的德国，文学学士也找不到像样的工作。我开始了记者的工作，写一些客观的报道。走在战争的废墟上，我尝试抒情却又感到无力。我同作家斯蒂芬·茨威格、哲学家马克斯·皮卡德建立了友谊，还与法国宣扬和平的作家罗曼·罗兰、亨利·巴比塞保持着紧密的联系。

还是大学期间，我就在维也纳一家出版社实习，后成为合伙人。我出版朋友们的书，也出版我自己发掘的新锐作家的书。离开大学后，我还在出版社待了几年，虽然出版社财务上出现了问题，难以为继，但我获得了初入社会的人脉，特别是那些德语文学圈以外的人，有时我更喜欢和他们打交道。

1920 年代，我出版了自己的诗集和散文集，但是无人问津。好在我并不孤高自许、目下无尘，鲜为人知可能也说明自己写得不够好。我在编辑部读到了罗伯特·瓦尔泽的稿子，我想，要是我能出版他的书，该是一种幸运。此外，我开始为瑞士多家报刊撰写文学、电影和戏剧评论，那时，莱辛的《汉堡剧评》是业界标杆。许多作家经常在资金和评论上得到我的支持，鲁道夫·雅各布·胡姆是其中一位。他奉承我是“评论工厂主”，我只当是一种揶揄。我有自知之明，甚至有点过头的自知之明。标签是不容易撕掉的，“评论工厂主”一名于我如影随形，可我的功绩只有这些吗？我总在自卑和不甘之间摆荡。

我在瑞士联邦法院对一家电影公司提起了诉讼，理由是我给这家公司新上映的电影写了差评，它就禁止我再进入电影院。有关电影评论自由的诉讼引起了公众的极大兴趣。最终，我败诉了。

瓦尔泽先生封笔的那一年，纳粹上台。以前我是不关心政治的，后来却开始为反法西斯的德语作家积极奔走，帮助他们（约瑟夫·罗特、赫尔曼·布洛赫、罗伯特·穆齐尔等）流亡国外，或者至少能够“内心流亡”。我们的上万封通信将被历史保留吗？

也是在那一年，瓦尔泽的姐姐把他从住了四年的伯尔尼疗养院转到特罗根附近的黑里绍，这里的精神病疗养院和养老院护工对先生很是关怀，离《魔山》里的达沃斯山庄也不算远。1935 年的夏天，我和先生取得了联系，并从 1936 年 7 月起定期去探望他，在财务上支持他，并编辑他此前的作品。我第一次见到他时，“一张孩子般的圆脸，像是被闪电击中过，脸颊、眼睛和短髭须分别呈红色、蓝色和金色。两鬓已灰白，衣领已磨破，领带有些歪，牙齿的状况也不太好……我可以做什么呢，除了保持沉默？他也保持沉默。我俩在沉默搭起的窄桥上相会”。

更多时候，他喜欢穿上床底下早已浸润了雪水的鞋子，独自出门散步。散步是他的美学。即使在精神状况好转的时候，他也没有再拿起笔来写诗。散步是他的写作。即使他知道外面的世界有几个零星的知音和追随者（卡夫卡、本雅明、穆齐尔、黑塞），他也没有答应离开精神病院，也许生病的是外面那个世界吧。

在他状况尚佳，需要我陪同的时候，我就会荣幸地陪他在雪路里走上几程，左顾右盼，出神遐想，在日记里记下我们的浪游。他知道我想成为一位作家，我在写一本爱因斯坦的传记，但此刻写作的夜路，大雪封山。

瓦尔泽先生发表作品的渠道日趋减少，他也怀疑文字还能不能改变个人和世界。在医院的平素里，他跟其他病人一样，打扫卫生，粘贴纸袋，他尤其爱读一些下三烂不入流的文字。无法想象，这还是之前那个曲高和寡的作家，那个几乎只写雅致艰深的小品文，不写长篇巨著，无法赢得阅读风尚和理论潮流垂青的作家。

我们共同的老朋友黑塞写信来说："亲爱的瓦尔泽先生，如今，我们都是老年人了，工作有点费力，也读不动很多书。但是，每当我想要读点美好的文字，我就会在你写的那些书里找出一本来读，我想象着和你一起漫步在一个美妙的世界，这让我深感愉悦。这样的体验我刚刚又经历了一次，所以想着来告诉你。"

时代本就变坏，战争再次降临。先生在不同场合表达过想成为一位中国隐士。我忘了有没有在日记里记下这句话：阿尔卑斯山不属于我们，我们只是天地间的两条狗。

战争结束了。1948 年，马克斯·皮卡德出版了他的《沉默的世界》，这本书影响了很多人。有一次在先生的房间，我试着把书递给他看看，他扫了一眼就继续读他的通俗读物了。哲学家阐释出了很多人向往的世界，但他不需要看这些阐释，因为他就是这个世界。

我想给先生出全集，但他对自己的旧作语带讥讽，就差像兰波回顾自己旧作时所说："可笑、荒唐、恶心。"我想听他讲讲对德国文学乃至文化的看法，但先生说，如果非要写，还是多写一写我们在雪山中的漫步吧。

我不是艾克曼，写这二十年日记不是为了有一天成书《歌德谈话录》，我只是觉得，我要好好保护这个雪人，不要让他过早地融化了。我不是我的朋友布罗德，他忤逆了卡夫卡的意愿，没有阅后即焚，我只是征得了先生的同意，和他散步，并可以在我的日记里提到他。

1952年4月6日

我成功说服罗伯特在到达罗尔沙赫之前都待在火车上。之后，天气变得阴沉。他大概在假设我脑子里构想着一个危及他内心平衡的计划。我们在车厢里几乎没说话。他神经兮兮地卷着一根粗大的烟。

到了罗尔沙赫，我们下车往斯塔德村的大路走去。天空沙灰色，预告了春天的到来。大地一直绵延到康斯坦茨湖边。没有船，没有人。我们翻山越岭，起起伏伏，朝着布亨村的方向走去。孩子们在大人的陪同下参加坚信礼。

1944年12月28日

天空无云。今晨，寒风凛冽。在火车站，我们自问今天该去哪里。罗伯特没穿外套，手和脸颊都被冻得发红，下巴上的白胡子竖起。

“你在路上想好一条路线了吗？”他问。

“完全没有。”我回答并问道，“你觉得阿彭策尔怎么样？”

“不，这样今天就走太多路了。你觉得我们在附近登高如何？”他说。

“你想去城里吗？”我问。

“说真的，想。这样的话，我们就前行吧。”他说。

罗伯特没走几步又停下来对我说：“你能不能慢一点？不要把美景抛于脑后，它就像母亲走在孩子们身边。”

瓦尔泽先生死在雪地里。在他早年的小说《唐纳兄妹》中，诗人塞巴斯蒂安就是在雪地里死去的。如果我能预知他会在这个圣诞节死去，我就不会因为临时有事把见面的时间从圣诞节推迟到元旦。

那天，精神病院的食堂供应酸菜猪排和点心，他先是吃了顿午餐，和病友们有说有笑，刀叉敲击着餐盘，发出的声音像是他最爱听的莫扎特的曲子。他急着独自出门散步，跟往常一样。他穿上厚厚的外套，像一粒芥子消失在远山淡影的水墨里。

他穿过雪地，穿过地下通道，去了火车站——那个他常等待朋友到来的地方，再过几天，也就是元旦，他们又要一起散步，这不大受天气影响。那天他被罗森伯格那边的一片废墟吸引了，像是茨威格告别的那个昨日世界，之前他就去过很多次，一个人或者由我陪着。高处是可以饱览阿尔卑斯山脉的绝佳观景台。那天下午的伊始如此平静。

不管目光是近是远，看到的都是雪，只有雪。瓦尔泽是不是写过一首诗，结尾是雪从天而降，召唤一朵玫瑰的盛开？这也许不是他最好的诗作，但人有时候就是在这种情况下才会像一朵玫瑰盛开。

这次我没能陪着他，只是远远地看着他，再凭借我的一些想象。孤独的散步者，大约吸进了不少冬季新鲜的冷空气。现在他已经走到半山腰了，山脚下的工厂、家家户户的人烟、小教堂、火车站，他都看在眼底。在山毛榉和松树之间，他朝着更远处爬去。对这个年纪的他来说，这步履有些过快了，他的心怦怦直跳，直至心肌梗死。

他想停下来抽根烟缓缓,但他抑制住了这个欲望,他想把这作为抵达那片废墟的奖赏。但这段山坡确实有些陡峭，他有些气喘吁吁了。因此他从侧面开始往下走，一步一步，避免被灌木丛绊倒。他打算到达前面 860 米高的一个平台后歇息一下。

他还记得自己写的《散步》的开头吗？“一天上午，天高气爽，我说不上来确切是几点钟，因为我散步的热情空前高涨，于是，我戴上礼帽，离开那神圣的写字台和我的精神世界，从楼上逐级而下，来到大街上。”他说他“像个优秀的流浪汉、典雅的叫花子、杰出的懒汉或浪费时间的痞子”。

大约是下午一点半，苍山负雪，明烛天南。太阳像个有些贫血的少女，照着瑞士的少女峰，一点凯旋的意味都没有，反而平添了些温软的忧郁和犹豫。忽然，他感到天旋地转，是心肌梗死，医生警告过他散步的时候不要加快步伐，要随时留意。与此同时，他的脚又犯了抽筋的老毛病。他本来应该扶一下身边的栏杆的，但他怕破坏了栏杆上积雪的形状和美感，一个踉跄就倒在了雪地里。右手摸着心脏，一动不动。死亡的一动不动。左臂贴着身侧。很快就僵硬掉了。

记得他说过：“我没再写东西。有什么意义呢？我的世界已被纳粹摧毁。我供稿的那些报纸已经停刊了，它们的编辑不是被赶走，就是已经死了。于是我几乎成了一块化石。”此刻僵硬的瓦尔泽就像雪地里刚出土的伪造化石，却又似乎真的埋藏了亿万年。

他的左手紧握，像是要挤碎掌心的痛苦，也许他以为这只是一次短暂的旧疾复发。他的帽子滚落到雪地的一边，脑袋轻微地转向另一边。这个文学共和国的国王，他的身体就这样倒在了雪地里。这个沉默的散步者提供了圣诞节最和平的完美景象。他的嘴张开，新鲜的冷空气还在一道一道地穿刺他已经像狗一样死掉的身体。

一个住在山谷里的女人牵着一条狗走了上来，她本来是要在这个圣诞节去看望住在远村的两个孩子。她告诉两个孩子，她的狗在上山的时候不停狂吠，嗅到了东西，挣脱了绳子，再走近一点，就看清了雪地里半掩着的是什么。

一位歌颂雪的诗人死在了雪里，真诚地死在了自己的诗里，这是一种命运的巧合，还是死得其所？人们在精神病院里找到他的一些字小如蠓虫的手稿，那是他住进精神病院到正式停笔的四年间写下的，即使用上高倍放大镜也很难辨认。瓦尔泽先生说："我应该做的是消失，尽可能不引人注意。"后来，外面那个喧哗的世界还是发现了他的尸体。

和一个所谓伟大的人相处越久，就越能看到他作为矛盾综合体的复杂面向，就像桑丘不会把堂吉诃德完全当作理想主义者，在我眼里，罗伯特也并不是一位与世无争的隐士，他也暴躁，他也乖戾，我们有的毛病他也都有，或许，只读他的书而不认识他这个人会更好。雪地上是我们并排前行留下的平行足迹。我虽然是他的监护人，但他也会在散步遇雨时说："别担心我！这是我的事。每个人都必须成为他自己的守护者。”

我为爱因斯坦《我的世界观》润笔。我写出了这位天才科学家的传记，差强人意。和爱因斯坦打交道的方式，同与罗伯特并肩的感受是迥然有异的。国际图书馆基金会将收到我编辑出版的 163 种著作，来自 13 种不同的语言，然而我最挂心的还是罗伯特。我以为和他一起散步的二十年是我的学习时代，然后我将开启漫游时代，我以为自己是一部成长小说，然而罗伯特走了以后，我发现我已经老了，原来学习即漫游、漫游即学习，年轻时渴望获得新的知识、新的知音，哪天没有进展就感到不安，但现在，我只怀念罗伯特。

他去世五年后，我也死了。他的一颗赤子之心对那个沉默且纯净的爱的世界有着无限的乡愁。他叫罗伯特·瓦尔泽，而我是他的一个跟班，这是我在这个世界上的责任。

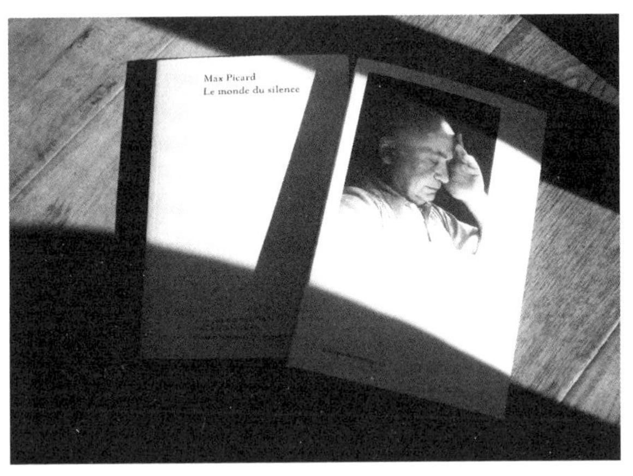

瑞士哲学家皮卡德《沉默的世界》最新法语版。

由我的朋友于连和亚历山大编校。

康拉德的波兰童年

我是在马赛认识康拉德的。那天他又在舢板上输了一笔钱。

对于十六岁之前没有离开过波兰的康拉德来说，海上的生活来自作家父亲给他读的《海上劳工》这样的法国小说和《暴风雨》这样的英国戏剧。康拉德和我一样，在成年以前，想去看大海。我们都想象过大海，然后见到它，就是这样。也许还喜欢大海，顶多是这样。可我不是一个水手。彼时的康拉德是一个见习水手。大海不总是惊涛拍岸，更多时间不过是共长天一色。

康拉德很快染上了赌瘾，可他哪里是那些老赌棍船员的对手。他输了个精光，就像陀思妥耶夫斯基在巴登巴登的赌场输得一塌糊涂。他垂头丧气，准备去邮局给克拉科夫的舅舅发封电报。心疼侄儿的舅舅每每有求必应。

得了便宜的康拉德变本加厉，从西班牙走私物品到法国未果，又在蒙特卡洛的赌场把钱输了个彻彻底底。欠债还钱，为了躲避追债，他当着债主的面开枪佯装自杀。舅舅千里迢迢从波兰赶到正在抢救侄儿的法国医院，还清债款，等他病愈后把他送去培养秃头绅士和雀斑淑女的英国。

我和康拉德相识于 1875 年马赛的夏夜。那天他可能在船上遇见了正要去远方的兰波。兰波的父亲在他六岁的时候就神秘失踪了，一辈子再也没有返家。康拉德的母亲在他六岁的时候就死于肺结核，抵抗俄罗斯侵略的父亲在他十三岁时也死于肺结核。上一代是作家的家庭，下一代不管是出于叛逆还是因为厌倦，往往都不见得再从事写作。康拉德看着父亲为了国是心力交瘁，他想远离这种生活。他在海上漂泊了二十年，可最终还是上岸执起了笔。

忒勒玛科斯出海寻找参加特洛伊之战后下落不明的父亲奥德修斯，这是西方文学常见的一个母题。兰波和康拉德都活在父爱的缺失里，他们也都渴望冒险，尤其是海上冒险。兰波会回到马赛，早夭在马赛。康拉德将背景设置在海上的小说有很多，但小说中人物的寻找本身也许是更值得讨论的，比如，《黑暗之心》里的马洛寻找着库尔茨。

康拉德不像尼采那样宣称自己是波兰贵族之苗裔。在英国轮船上登记时，他把他的波兰名字“Konrad”改成了“Conrad”，一个字母之差。Konrad 这个人将环游五湖，Conrad 这位作家的作品将纵横四海。

康拉德的英语有着浓厚的波兰口音。这方面，晚生的波兰同胞比他好很多，不管是华沙的青旅老板，还是克拉科夫的免费导游，都说一口流利的伦敦腔，且波兰知识分子圈也以阅读英国文学为根底。我甚至怀疑从克拉科夫犹太区走出来的导演波兰斯基喜欢改编《苔丝》和《雾都孤儿》这样的英国文学经典也与此有关。

康拉德在梦里召唤我去看看他在克拉科夫的童年房间。

这个房间即使在土生土长的克拉科夫导游那里也没有成为旅游必经地点。房间外墙上有一块波兰语的牌匾，上面写着：“在其童年时期，1869 年前后，流浪诗人之子约瑟夫·康拉德把波兰的灵魂注入了英语的写作，成为英国文学的花冠。”这句话下面还有一句英语，是康拉德在其关于生活和写作的笔记中对自己克拉科夫童年的回忆：

正是在那座古老的皇家和学术之城里，我不再是一个孩童，我成为一个小伙子，了解了那个时代的友谊、钦慕、思想和愤慨。

康拉德的法语很好,尽管他最终选择用英语写作。剑桥的利维斯教授在《伟大的传统》里把他列为与乔治·艾略特、亨利·詹姆斯、查尔斯·狄更斯等人并肩的英语小说大家和正统。康拉德崇拜的法国作家是巴尔扎克和福楼拜，尤其是后者。他的船队曾在福楼拜的故土鲁昂停泊过，他白天游览鲁昂，到了晚上就躲进船舱里写作。

我曾去过英国的坎特伯雷，当时我并不知道晚年的康拉德就是在附近的小镇上与妻儿度过余生。马赛一别，我再也没有见过康拉德。他从自己的马洛变成了我的库尔茨。此刻,我正坐在从华沙开往克拉科夫、刺破波兰夜空的“剧变时代”火车上，阅读着《黑暗之心》，寻找那一颗黑暗的心。

我并没有在旅行中阅读应景书籍的习惯，即使我相信在不同情境中阅读的同一本书不再是同一本书。在瑞典我没有捧读斯特林堡，在丹麦我没有翻阅安徒生，决定去克拉科夫，一开始我也没有想到米沃什、辛波斯卡或康拉德。人和书的缘分不亚于人和人的相逢。就在买好两周后去华沙的机票的下一周，我在巴黎的电影资料馆里看了《现代启示录》（根据《黑暗之心》改编）的摄影师带来的胶片版的放映。电影把小说中的刚果置换到了越南，来到越南，那些不敢拿起枪的人在自己文明的坍塌下对着妇女、儿童、牲畜杀红了眼，他们带着战争的创伤体验和微薄的裁军或退伍抚恤金回到祖国的怀抱，佩戴着军功章活在被人歧视的地下世界。驳船行驶在热带丛林深处，他们走进了另一种文明，那里有弗雷泽的《金枝》和另一种文明的神秘与仪式。

恐惧！恐惧！康拉德的这份恐惧与其说是对另一片大陆及其文明的恐惧，不如说是西方人通过与他者相遇，厌倦了殖民，反省着杀戮，审视自我内在的黑暗所产生的恐惧。

我的书架上慢慢堆叠起康拉德的小说，它们在我的精神世界占据着越来越多的位置。我准备带《黑暗之心》去波兰。与我同行的还有 W。因为我们还要去克拉科夫附近的奥斯威辛集中营，W 便带了一册保罗·策兰的诗集，以及普里莫·莱维的《这是不是个人》。

卢梭曾在1770年出版的《论波兰的治国之道及波兰政府的改革方略》中就《社会契约论》在波兰的实践进行了重要的探索，可惜之后的波兰就只剩下在西欧和俄罗斯之间撕裂的命运。

在我们的假想中，波兰是静谧的肖邦夜曲，是乡间的玛祖卡舞，是哥白尼的日心学说，是莱万多夫斯基的9号球衣。我国早期译介的一批外国文学中，就有周氏兄弟翻译的波兰作家的作品。除此之外，我们对这个“悲伤的民族”就所知不多了。

克拉科夫古老而盛大的市集广场上矗立着有一高一矮两座钟楼的圣母教堂。公元1241年，蒙古大军攻入克拉科夫，钟楼上的号手瞭望到了敌人的进击，提醒市民加以防范。他随即被入侵者一箭封喉，号声就此戛然而止。蒙古人的确来过，但这个故事大概是美国作家杜撰的。不过，如今，为了纪念那个号手，号声会在整点响起。

2018/3/13　克拉科夫　晴转多云

巡游马车从石板路上经过，城市弥漫着马粪的气息。天空中有褐色的鸟群盘旋。“红钢琴”酒吧里演奏着肖邦和席曼的钢琴曲，从室外看不清餐厅里演奏者的脸，还以为是鲁宾斯坦。我和W在巴比肯瓮城（红砖的护城墙）等待着免费导游托马斯的到来。

托马斯是个两米高的大个子。别看他个高，他在教堂里单膝跪下行十字礼倒一点也不费劲。他曾是克拉科夫大学历史系的学生，在英国留过学，两年前开始当导游。他对这份工作充满热情。

如果不是托马斯介绍，我都没有联想到在我去过的法国西南部城市卡尔卡松也有这种中世纪的红色护城墙。

托马斯一路介绍了当地博物馆收藏的达·芬奇名画《抱银貂的女子》，古老的雅盖隆大学钟楼（一天里会有五个整点，六个宗教小人带着乐器出来转一圈报时），可能遇见他导师的克拉科夫大学，他结婚和受洗的教堂，历代帝王加冕和居住的城堡，以及蜿蜒流淌的波兰母亲河维斯瓦河。

著有《观看之道》的旅法英国人约翰·伯杰在自传体小说《我们在此相遇》里提到，在克拉科夫的市集广场，他认出了他的“向导”，他少年时生命中最重要的人。他们上次相遇，“向导”六十五岁，而那是四十年前的事情了。

这篇真实的日记是我杜撰的。

走出康拉德童年的那条巷弄，对街的音像店传来我童年梦想像辛巴达一样航海时听过的歌曲：

I am sailing, I am sailing
Home again 'cross the sea
I am sailing stormy waters
To be near you, to be free

忽然想起去年在德国海德堡的旅行，骑着自行车准备去哲学家小径，清晨的内卡河畔，小学教室里传来孩子们银铃般的歌声，唱的就是这首有宗教背景的英文歌。

波兰克拉科夫的瓦维尔皇家城堡。

我在巴塔耶弥留之际

市政厅的钟声如果不是丧钟，也是在告诉我现在是下午五点了，BHV 商场门可罗雀，我站在柜台前，漆布没有卖出几块。父亲，那个听说我想学艺术就气恼的医生父亲，我不会再向他要一分钱生活费。是阿波利奈尔的评论让我这个独生子发现了毕加索，而父亲认为毕加索就是恐怖。当一个好好学生真是无聊透了，我顺利通过了高中毕业会考，分数足够念一所更好的学校，然而我的心思只在艺术评论上面，我需要大把的课余时间，于是注册了一所 13 区的东方语言学校，课程太半无用，这让我安心。

为了方便去学校，我在巴黎的托尔比亚克站租了一个窄而霉的房间，克洛维一世在托尔比亚克取得的胜利怎样大,我的房间就怎样小。我和门房关系要好，她有着伊比利亚半岛的口音，总是很有默契地拖上十天半个月再把我父亲寄的包裹交给我，尽管我已经好几次去信严词拒绝了这样的施舍。

那所学校的中文课一开始让我提不起兴致，直到萨特访华回国后的文章让我懵懵懂懂地产生一个念头:中国就像毕加索的绘画，既是古典的也是现代的。如果我能去北京给年轻的法国艺术家做策展人，我也就可以去中国看看。

没客人的时候，我会在柜台前翻翻最新的艺术评论，也是在那时我读到了几篇巴塔耶关于米罗等人的文字，当时他因连着在三家不同的出版社出版《文学与恶》《天空之蓝》《色情》得了些迟来的名声。我把它们组稿印发在了于学校参与的刊物《毒芹》上面，也是从那时起我和巴塔耶开始了通信。这份杂志没办几期就因为经费不足停刊了。

后来我去中国待了两年，1958 年到 1960 年的这段经历，我在晚年的回忆录《八十岁环游中国》里写得很详尽了，这里不再赘述。还好我去得早，不然也会为着那一份幻想成为一个无政府主义者，尽管在 1968 年我和情境主义国际走得还算近。

回到欧洲，我先去牛津跟《红楼梦》的译者霍克斯先生学过一阵，也是在那里，我遇见了自己的金玉良缘。我的威尔士妻子是一位生物学家。

回国那阵子，克洛索夫斯基找我帮助他翻译《肉蒲团》，我参与了翻译但不愿署名，因为这会影响应聘。我开始在原先的学校教书，喜欢边抽茨冈牌香烟边讲课，这让一些学生很受不了，即使在冬天也要提前把教室的窗户打开，他们知道我会把抽剩下的烟头从那里扔出去，美其名曰可以用作肥料。我喜欢给学生展示一些有绣像的本子。有几个学生觉得《西厢记》颇为轻浮。

1962 年 3 月，巴塔耶从奥尔良搬家到 6 区圣叙尔皮斯街 25 号，房款是去年他的艺术家朋友们集体拍卖所赠。他的经济状况一直不佳，健康更是每况愈下，因而有时我也会去看望他，搬家后的书架还没有整理好，屋子里显得很凌乱，就像他放弃的那些写作计划，他总能想出很多点子，但不大有办法按照计划写作。

7 月，巴塔耶的妻子迪亚娜带他们的女儿朱莉去英国和家人度暑假。想到这段时间他缺乏照料，我就去得更勤些。8 日清晨，他陷入了昏迷，只有我一个人在房间，情急之下我叫了救护车，救护车把他转运到 7 区的拉埃内克医院。我打电话通知了他的几位好友，不一会儿他们也到了医院。昏迷持续一天后，他死了，没有再醒来。毕生都在思考死亡的思想家迎来了自己的死亡。

我们打算把他安葬在韦泽莱山丘的墓园，那里的中世纪教堂据称安葬着抹大拉的马利亚。1945 年到 1949 年，巴塔耶曾在此生活，他常跟当地的农民谈天。他在生前向我们表示过对韦泽莱的喜欢。落葬那天，迪亚娜来了，让・皮埃尔来了，莱里斯夫妇也来了，还有我。墓碑是块简洁的大理石，上面简单地刻着：乔治・巴塔耶（1897—1962）。

此情此景难免让我想到那句“死去何所道，托体同山阿”。后来我在课堂上还把翻译的《拟挽歌辞三首》作为讲义，我尤其喜欢第一首。

下山的路上，我向米歇尔・莱里斯问了几句他在中国的体验。五年后他受到卡彭铁尔的邀请去古巴，也捎带上了我。但我对那里也是失望的。

直到退休，我都在当初任意挑选的那所学校教授中国的雅文学和俗文学。除了编写教材、撰写专著（包括一本与春宫图有关的书），我还写了些与中国有关的小说，还翻译了一些文学作品，特别是古代传记，晚年终于得偿所愿在友丰出版社出版了司马迁《史记》的列传部分。

2019 年 6 月 12 日，我接到法国国家图书馆的邀请做一次《史记》的通识讲座，在座的听众当中有不少中国学生，我想这些内容对他们来说多是常识。讲座结束后，一个来自楠泰尔的学生上前向我问好，并告诉我他正在写一篇关于巴塔耶与极限经验的博士论文，他姓 Z。楠泰尔，多么久远的回忆，五十年前那里的学生像如今草坪上的羊群一样占领了校园。

后来，我去楠泰尔参加了 Z 的博士论文答辩。他在发言稿致谢的部分感谢了巴塔耶的生前好友也就是我接受采访，他坚信这份采访稿将成为未来研究这一时段文学的珍贵史料。

在米歇尔·苏里亚的传记里，我作为巴塔耶弥留之际的唯一在场者，被一笔带过。很少有人问我当时的细节。当这个 Z 同学向我问起时，我却有些惘然了。巴塔耶去世以后，我还去过韦泽莱几次，后来年纪大了就去得少了，尤其是我腿脚不便后，去那个山丘就更难了。巴塔耶激昂的文字是属于青年的，它们一次次地冲刷过我。我在年轻的时候遇见衰老的他，只是他众多朋友中的一个，保留下来的通信和别的朋友比起来也不算多，比写给核物理学家乔治·安布诺西罗的还少，但机缘巧合让我见证了他的昏迷和死亡。其实陷入昏迷前他就说不出话了。他走得还算平静，不像他分析的清末酷刑那般惨烈。在巴塔耶看来，不管是中国的情色还是西方的情色，都是对生命的肯定，至死方休。

与 Z 一同前来听讲座的还有一个叫奥伯坎普夫的德国留学生，但他很快就要毕业回图宾根与家人团聚了。他对中国文学很感兴趣，但他还没想好要不要去中国一趟。他去里斯本旅行时还到我捐赠过文物的东方艺术博物馆去看了看。法国人容不下这些中国文物。在巴塔耶的书籍中，对我影响最大的要数《被诅咒的部分》。它让我意识到每个文明为了生存而生产的东西都多于消耗的东西，每个文明的特征在于如何利用这些剩余能源。1968 年，我接到香港中文大学的聘书，前去任教。我在香港发现了广东的木偶戏。有位香港的收藏家请一些木偶戏老师傅来西港城吃饭,顺便演出。后来这位收藏家转赠了很多物件给我，他希望木偶戏在欧洲也能被人了解。

Z 同学告诉我，巴塔耶做图书管理员的事——包括本雅明“托孤”给他的故事——在中国知识界也成了一个小小的神话。而我们眼前那些趴在绿色台灯下的研究人员，像水族馆里的一只只章鱼，可敬又可笑。我望着贴在落地玻璃窗上如马蒂斯剪纸的蓝色飞鸟说，也许真的有人喜欢图书管理员这份工作吧，但巴塔耶当时的经济很拮据。

我告诉他，1951 年，巴塔耶去到奥尔良市立图书馆工作，居民们“疯传”魔鬼要来奥尔良了，但当他们见到他本尊时，却发现是这样的形象：携妻带女，一脸平静，温柔喜悦。然而也是在奥尔良，他写下了《我的母亲》和《至尊性》这样惊世骇俗的作品，相比之前在韦泽莱的低产，那是巴塔耶高产的写作期。

晚霞落在四栋图书馆大楼上，四本金碧辉煌的钢筋混凝土之书。有学生在汉堡车边排队，也有去图书馆的 MK2 电影院看电影的。MK2 的老板 1968 年的时候是激进学生，现在他已经摇身一变。这样的法国人很多。

我和 Z 同学沿着金字塔般的木质阶梯往下走，去坐公交车。路过当年我在托尔比亚克租房的地址，近处塞纳河上停着一条大学“食堂船”，旁边是一条名叫“广州女士”的红船和约瑟芬·贝克泳池。6 月的雨引发了洪水和情欲，“食堂船”船体在摇晃，餐盘边的刀叉如漂流的鱼，又像是些读了太多孤筏重洋的书而爱做梦的残骨，徐徐在二层的折叠椅上对着波伏瓦桥吐出烟圈，呼应着岸边孩童吹出的肥皂泡和远处工厂冒出的云烟。载满了垃圾的驳船缓缓驶过。

我们留下了各自的联系方式，挥手告别。他租的房间就在 BHV 商场旁边，不时还能去市政厅附近走走。巴黎这位女市长让我们的城市越来越丑了，我不明白为什么她还敢竞选总统。

法国国家图书馆的四座高楼和附近的 MK2 电影院。

我在敖德萨的学生巴别尔

不知是谁家的船员今夜把白色的帆船停靠在黑海的岸边，几点白帆聚成了黑夜中的珠光，如语言的沉默，而这沉默终将被明早的上课铃间歇性地打破。

一百年前，枢机主教的后裔黎塞留公爵因法国大革命出逃，几经辗转，被叶卡捷琳娜二世招至麾下。不久，新沙皇又任命他为敖德萨和新俄罗斯地区的掌管者。就像后来改造巴黎的奥斯曼男爵一样，他把这个通过杀伐征战从奥斯曼土耳其人手里得来的小渔村改造成了南俄的大都市，空气里弥漫着轻歌剧的甜蜜，教堂没想过自己有一天会被炸毁。今天，当地人把他的雕像置于敖德萨阶梯的顶端，俯瞰着他一手打造的海港。敖德萨处处洋溢着国际贸易的气息。

当时我是敖德萨商校的一名法语老师。商校的学生大多来自当地殷实的家庭，毕业后多半是要去做生意的，外语不过是他们营生的工具。我在讲授动词变位和性数配合的时光里消磨着自己。我想开的一门法国文学课，因选课人数不足，被校方取消了。

在那份废弃的教学大纲里，我提到了不少作品多具有自传色彩的作者，其中就包括我的同乡夏多布里昂和他的回忆录，他定是忍受不了布列塔尼的朔风与荒凉，才会远行，远行，好把记忆归葬在故乡的坟茔中。而我,在不起眼的雷恩大学取得文学学士学位后，迟迟找不到像样的教职。因此，当看到敖德萨商校的招聘广告时，我毫不犹豫寄出了我的简历，而且，我需要到南方去。

我的学生们——对，这当中还有犹太学生，他们有些被父母带到更南方的耶路撒冷过寒假——新学期伊始，背上书包的候鸟们，穿过黎塞留大街来学校报到。我一眼就看见了那个戴着小圆眼镜、没脖子、高鼻梁的小孩。他像刚登上我话剧舞台的童星，制服上三颗竖排的纽扣扣得整整齐齐，向前一步自报家门。他就是伊萨克·巴别尔。

年轻时我也想过成为一位作家，但是乏味的教书生涯久了，我早已放弃了这样的念头。我每周用红笔在作业本上修改的这门语言，似乎与福楼拜的语言不再是同一门。福楼拜有他的学生莫泊桑，伊桑巴尔有他的学生兰波，如果我退而求其次，在我的学生当中发现一个可塑之才，算不算一种替代性方案？我推开办公室的玻璃窗，看着坐在操场绿色长椅上低头读书的小伊萨克，不知道他是被身强体壮的孩子排挤而不去上体育课，还是本就像长椅后的树木一般安静（我从没想过有一天他会奔赴疆场）。

除了来我这里上课，他还得学习意第绪语以了解他们的宗教。他那经商的家长也把读书作为犹太人的一种信仰，因而他是勤学的，而且把每个科目所需的时间分配得很好。

是我把《三故事》借给他的。这本书里的词句相较于福楼拜的长篇小说而言不那么复杂，却是作者臻于化境后的结晶。借助一本袖珍俄法词典，小伊萨克吭哧啃着书页，就这样两个月过去了。他在课间十分钟休息时沿着教室外面的走廊跑到办公室来还书："瓦东先生，这本书对我来说可能还是太难了，不适合我。您能不能再借我本简单点的？"

这个问题大概是我教学的急切和自私造成的。我本想启发这个小孩一些写作的才思，想让他见识下我以为最好的作品，但我忘了它的作者可是邻省诺曼底小屋里的隐士福楼拜。而就是福楼拜，让我在撇开生计等外在因素斗胆尝试写作时，用他强力的书写碾压了我，瘫痪了我内在的手。

伊萨克开始用法语创作了，每写好一篇就拿给我看，期待着我的答复。这些文字虽然还有不少语法错误，但内容层面，在我读过的俄国人写的小说里是不常见的，较少北方的严寒和意识形态。他在观察，观察敖德萨的街道，他发现犹太人不都是受害者，也可以成为黑帮头目，这便是后来《敖德萨故事》里别尼亚·克里克——那个当过布尔什维克同路人又最终被出卖的“国王”——的影子。

在伊萨克的习作中，我渐渐感到莫泊桑是适合他的，尽管在法国，莫泊桑被认为是仰赖老师福楼拜成名的二流作家，但我不是福楼拜，伊萨克也不是莫泊桑，不妨读读看。

他一下就对莫泊桑的短篇小说入了迷，《月光》《项链》《我的叔叔于勒》……每一篇他都读得津津有味。后来，他在《敖德萨》这篇散文里写道：“这座城市率先具备，比方说，培养出莫泊桑式天才的物质条件。夏日，在城市的海滨浴场上，烈日照射着从事体育活动的年轻人肌肉发达的暗褐色躯体，不从事体育活动的渔夫们强壮的身体，‘批发商’们肥胖的、大腹便便的、温厚的胴体，以及幻想家、发明家、经纪人起了许多丘疹的瘦弱身体，使他们无不熠熠闪光。而在离此辽阔的海洋再远些的地方，工厂的烟囱在冒烟，卡尔·马克思依旧在开展他的日常工作。”

伊萨克用法语写了整整两年，把所学到的单词都用上了，直到放弃。他继续阅读法语，但在写作一事上，他回归了母语，尽管这母语中已有了外语的盐味。

毕业后伊萨克去了基辅，然后去了彼得格勒。他在那里给我写信，告诉我他的近况。每一封对我来说都是“通灵者之信”。除此之外，我在敖德萨的生活变得索然无味，商校的学生们向校长反映我上课总是心不在焉，之后不到三年，我就主动辞职了。我回到布列塔尼，用过去几年在商校当老师攒下的积蓄开了一家书店。我回国的决定不免增加了我与伊萨克通信的邮费。

还是在《敖德萨故事》里，收录了一篇 1932 年的短篇小说《居伊·德·莫泊桑》，第一人称叙述，明眼人都能看出这里面的自传色彩，根据的是伊萨克 1916 年在彼得格勒的经历。他在小说里的自言自语暴露了写作的锁钥秘密，如长矛刺进敌人的身体。

这个二十岁出头、办了张假身份证的青年说：“当一句话诞生时，它是既好且坏的。修辞秘密就在于几乎不易察觉地轻轻一拧，扳手要时刻准备好，随取随到，一次不到位，就没有第二次机会了。”熟读莫泊桑的他还说：“我开始讲起文风，讲起词汇的军队，讲起这支所有武器都派得上用场的大军。没有一种铁能像一个恰到好处的句号那样直刺人心。”

这是他篇幅较长的一个短篇。他总是写得很短，比莫泊桑的短篇还短，《红色骑兵军》里每一篇多只有四五千字，有时都不需要鲜明的人物、离奇的情节，只需要一份情绪、一道激情，从成吉思汗到托洛茨基的所有骑兵军，就要举起弯刀割下文字方阵的头颅，字字见血，喷洒一地。

在参加战斗的三个月里，巴别尔积累了大量的战地日记作为未来创作的材料。从遥远的海港来到内陆，他便也做了一只两栖动物。这些平庸材料摇身一变在小说中涌现出兰波式的隐喻。彪悍的哥萨克人、港口的杈杆儿。野兽、尼采式的马、蟾蜍。数不清的月亮。屠杀。对人类的爱不值得却依稀尚存。

我知道他后来结识了高尔基，后者告诉他要写作就要去体验生活，就要满世界跑，这对把社会作为“我的大学”的作家来说是必要的，然而高尔基真就那么高明吗？伊萨克听信了他的话，觉得自己太年轻，没有丰富的生活阅历，他支持二月革命、十月革命，骑上马背，加入红军。真实的经历让他在下笔时较少动摇，在这之外，他越写越少，他不敢动笔。在 1930 年代的苏联作家大会上，他说自己是“沉默的大师”。虽然“沉默”，但得到认可以后说自己是“大师”，总归是有些骄傲。然而，这种沉默，不仅来自大清洗的预兆——是的，他的朋友渐次消失在古拉格，他对大清洗甚至自己被枪毙早有预感——也源于他内在的手被瘫痪。他本可以写得更多，但不见得更好。

巴别尔来了巴黎，这给他后来"法国间谍"的罪名埋下了祸根。有时他也会来布列塔尼看我。这里的排犹浪潮逐渐高涨，只是相比在苏联，暂没有生命之虞。他本可以选择不回去的，但他还是回到了故土，他说："我是一位俄国作家，如果我不在俄国人民当中生活，如同鱼离开了水，我将停止做一位作家。"

巴别尔之于我，早已青出于蓝，且我认为他的成绩当在莫泊桑之上。

纪德要去苏联的消息已经在莫斯科传开，《真理报》也已经预热了他的访问。高尔基叫上巴别尔陪同接待。当时的法国，批判资本主义现实的左翼青年不在少数，他们对纪德这次访问的成果满怀期待。

1939 年 5 月，巴别尔被内务人民委员部的尼古拉·叶若夫举报，说他是一个托派，背地里说斯大林的坏话，与西方的女人有私情。这个其貌不扬的小胖子确乎是风流不羁的，却不承想这也成了被罗织的罪名之一。

他被囚禁在卢比扬卡监狱。在狱中，他给流亡法国的妻子和女儿写信。这个死刑犯的信直视着自己的良心。他的自由理想、人文主义，他对教条的拒绝，这一切如何让他与曾经信仰的革命渐行渐远？他在敖德萨的青少年时光像电影一样闪回。敖德萨，一座动荡、放荡、迸发生命色彩的城市。无政府主义者克里克正同妓女欢爱，接到良家子提亲的消息，整座城市在此时达到高潮。

因《战舰波将金号》里的蒙太奇而与敖德萨阶梯永远联系在一起的导演爱森斯坦，深为喜爱这个桀骜不驯的克里克，并试图把这个故事搬上银幕。他拜托巴别尔把自己的文字改编为剧本。1925 年的成功激励也困扰着导演，十来年过去了，他再也找不回当时的状态。他想再拍一次敖德萨，分镜都画好了，却终究碍于各种原因没能拍摄，就像波将金号临停在敖德萨的海边，却永远靠不了岸。

巴别尔告诉我他做的一个梦：他像那场蒙太奇里的角色一样，从阶梯上滚落下来，遍体鳞伤，然后，梦醒了，他写下的每个字都在大口大口地吐血，原来这也是梦，他从梦中梦里醒来。

尽管《红色骑兵军》早在 1928 年就有了法译本，

但知道他的法国人依然不多。我把这本书放在书店橱窗醒目的位置，逢人拿起，我便上前聊聊，但不会说起那段敖德萨的尘封往事，只会说这本书本身值得一读。

转眼我也是个衰朽的老头了。“二战”爆发前夕，我把书店交给了一个年轻的店员打理，战事一起，他也去了前线，只是没多久法国就宣布投降，他便从佛兰德斯战场退伍还乡。德军转而去攻打苏联，巴别尔生死未卜。

依据解密后的档案，巴别尔被审讯和折磨了八个月，于 1940 年 1 月 27 日被斯大林下令秘密枪决。旬月以后，举报他的人也被枪决了。他们被埋在同一座公墓。我假想的枪决场景时常让我想起戈雅画中的行刑。

在赫鲁晓夫做报告以前，巴别尔的女儿一直被告知父亲还活着，他就像一个幽灵，活在她童年的回忆里。

巴黎俄罗斯文化中心大门口的套娃。

瓦莱里停止写诗的暴风雨夜

青年瓦莱里坐在热那亚的海岸边，看着远处的灯塔和近处的驳船，取出画板，画几笔水彩。那时他每年都会来姨妈家消夏。他喜欢这座港口城市，这是他母亲的故乡，如臂弯。祖上来自科西嘉的父亲是一名海关审计员，生活在另一座港口城市，塞特。

在法国的第一个暑假，我来到了塞特。我眺望着豪华的游艇和帆船，其中一艘前方有漫长的旅程，别的则有带盐味的遗忘等着它们。生长于斯、长眠于斯的瓦莱里没有被塞特港的人们遗忘。这位葬在自己诗里的诗人，眺望着海镜陨石上漂浮的星辰恋人，他们纷乱的思绪在8月地中海的正午分界线上得到了爱情公正的判决，而红瓦屋顶上依旧有白鸽逡巡。一只孤燕从南岸楼顶湛蓝的天际飞过，两艘游船在不宽的河道上相向行驶，船首各站着一个手持长矛和盾牌的小男孩，短兵相接几回合，把对方击落水中者获胜。同样来自塞特的歌手乔治·布拉桑，抱着吉他，叼着烟斗，带着孤燕的南方口音，在歌词中请求被埋葬在塞特的海滩，他终于得偿所愿，如瓦莱里的《海滨墓园》。

在这之前我已经有一年不写诗了，终究没逃过艾略特二十五岁的魔咒。我最后一本诗集是在学校里江西人开的打印店自印的，跟前两本诗集一样，过高估计了印量，开本还印错了。我小心翼翼地将其中两本分别投进我所景仰的两位教授的信箱。瓦莱里的名字我就是从其中一位那里知道的，据说那位教授还曾在北戴河边朗读过《海滨墓园》中那句“大海，大海啊永远在重新开始”。我想我已经没办法重新开始写诗了。几年后短暂回国，我机缘巧合“潜入”教授的办公室，发现我的诗集还躺在他的书柜里，但像是没怎么翻开过，这进一步佐证了那些诗的无价值。

我把剩余的几本寄回了重庆老家。母亲是一个敬惜字纸的人，她连我小学六年的课本都还留着。前年，女友第一次去我家时，母亲把诗集翻了出来。“巴尔贝克海滩”——这是诗集名，封面不伦不类地印着雷诺阿的《海滩上的人》，封底则是《海滨墓园》开头的句子。女友翻了几页，忍不住笑了，那意思是我几年前还写着这样的诗。

我是从瓦莱里求学的蒙彼利埃转车过来的，沿途经过在塞特长大的导演瓦尔达拍摄处女作《短岬村》

的同名渔村。从瓦莱里的墓地前行不远即瓦莱里博物馆，检票员没有问我的年龄就给了我半价票，进去才发现这里收藏着《海滨墓园》手稿等珍贵文献，想到我曾印在自己诗集封底的文字的原作以这般温热的笔触写下，那些细微的推敲改动朝向一首纯诗的完成。

瓦莱里的第一首诗不是在塞特而是在热那亚完成的，像是从母亲的子宫里孕育出来的一个梦。这首诗就叫“梦”，写于他十八岁成人之年：

我梦着一个辉煌而平静的港口，在那里
大自然在岸边和无尽的溪流之间沉睡，
在有金泽圆顶的宫殿旁，
桅杆上挂着旗帜的船只。

不久，在好友皮埃尔·路易的引介下，瓦莱里结识了纪德，并成为马拉美星期二沙龙的常客。不久，瓦莱里就成了马拉美的得意门生。传言马拉美是在颤抖着读完《骰子一掷永远解释不了偶然》后撒手人寰的，当时在床边听着的就是瓦莱里。马拉美关于“书”的理想是否通过这首诗的写作而实现了呢？“un coup de dés”（骰子一掷）像是发动了诗歌的“coup d’état”（政变）。

事实上，马拉美去世时，瓦莱里已经放弃写诗有六年了。还是在热那亚，1892 年 10 月 4 日深夜至 5 日凌晨，在姨妈卡贝拉的公寓房间，他做了一个至今令我着迷的决定：放弃写诗。那是个暴风雨夜，“un coup de foudre”不再隐喻一见钟情，而是真实的电闪雷鸣，这道闪电将划破瓦莱里思想的夜空，以至于多年后在与纪德的通信中他表示自己对诗歌毫不在意。那么，重要的是什么呢？他将自己的精神引向新的价值，即精神的严谨与真诚，以及自我认知。他认为这些价值与他过去三年写的诗不能兼容。在以收藏作家手稿著称的雅克·杜塞图书馆里，我们可以读到瓦莱里 1933 年的一段话：

> 可怕的夜晚。坐在我的床边度过。到处都是暴风雨。我的房间被道道闪电照亮，晃得人眼花缭乱。而我所有的命运都在我的脑海中上演。

如果人的一生要度过三万个夜晚，那么又有几个是充满了存在危机且被赋予了决定性意义的呢？这会不会也是诗人往后追忆起来的神话？除了马拉美的影响，头一年于马赛港去世的兰波——这个也曾来过热那亚的履风者——放弃诗歌时那潇洒而决绝的姿态或许也占据了一定的权重。

决定性的夜……在一个电闪雷鸣的暴风雨夜，路德发誓接受神圣的命令。帕斯卡尔在被称为“纪念日”的夜晚脱胎换骨，一种神秘的狂喜使他脱离了世俗生活。笛卡尔在1619年11月10日至11日的夜晚遇到了《方法论》和它的道路。瓦莱里的暴风雨夜却让我想到狄金森的诗：

暴风雨夜，暴风雨夜！
我若和你同在一起，
暴风雨夜就是
豪奢的喜悦！

风，无能为力——
心，已在港内——
罗盘，不必，
海图，不必！

泛舟在伊甸园——
啊，海！
但愿我能，今夜，
泊在你的水域！

在欧洲的第五个秋天，我来到了热那亚。我原本只是来参加一个研讨会，研讨的对象是我在马赛认识的一位小说家。在会务组安排的房间里可以望见不远处的莫兰迪桥，这是欧洲首座混凝土斜拉桥。三个月前的一个暴风雨夜，这座桥突然断裂，人员伤亡惨重。

穿过幽暗的陡巷，我漫无目的游荡着，从一个收藏东亚特别是日本艺术作品的馆阁，晃到市中心老城加里波第街的红宫和白宫，我事先并不知道福楼拜就是在这里看到勃鲁盖尔的《圣安东尼的诱惑》后产生了创作同名小说的冲动。就在我精疲力竭准备返回旅馆的时候，一个神秘而热情的门卫老头把我拉进了一个帷幔重重的房间，他只会意大利语，不停比画着手势，我一头雾水，直到他说出被诅咒的天才帕格尼尼的名字，我才恍然大悟房间里这把小提琴就是音乐家的“大炮”。从这个房间可以通到一个能俯瞰热那亚的高点，暮色将尽，晕黄的街灯把瓦莱里母亲的故乡照得通体发亮。

不管写不写诗，瓦莱里每天都会在他的笔记本上记上几笔。这些笔记本也可被视作某种思想日记，法国研究界目前还在陆续整理出版。

当有人问他为什么写作时，他的回答是“脆弱”。我不知道他的内心脆弱到何种程度，倒是年事渐高，他的确是个瘦骨嶙峋的老头了。摄影师吉约记录下了病榻上的诗人离世前的模样，这位在公众面前总是三件套加身的诗人，形容枯槁，刚在痛苦的折磨下呼出了最后一口气。

他生前也不是不在乎名利，不然就不会把法兰西学术院的绿色礼服穿得如此整齐，却又爽快地答应去法兰西公学院开课了。从 1937 年到他去世的 1945 年，瓦莱里在法兰西公学院讲了八年课。今年以前，这些讲义是巴黎知识界口耳相传的谜。

在这之前，法兰西公学院邀请诗人来授课并不常见，而这次邀请瓦莱里，是因为这位和他的老师马拉美一样重质不重量的诗人，于暴风雨夜停笔二十多年后，又开始写诗了，他一发而不可收地写下了《年轻的命运女神》和《海滨墓园》这样辉煌的诗篇。

这片平静的房顶上有白鸽荡漾。
它透过松林和坟丛，悸动而闪亮。
公正的“中午”在那里用火焰织成
大海，大海啊永远在重新开始!
多好的酬劳啊，经过了一番深思，
终得以放眼远眺神明的宁静!

这样的诗篇是要经过常年的深思才会有的酬劳，

这样的重新开始、这样的宁静或许也要通过“不写”来完成它的“写”。

很长一段时间，我都迷恋于这样不易得的纯诗，迷恋于停笔不写的神话。这种迷恋似乎是在为我的日渐枯竭寻求可笑的安慰。我的日渐枯竭真的只是我的文学研究工作和文学创作理想之间的无谓拉扯与消耗吗？否定过去的自己是容易的，因为那确实无足挂齿，而整个地否定起文学来，我却没有瓦莱里当初的胆魄和深思。我已经很久只字未写了，并为此痛苦不堪，尽管如此，我并没有想过给自己编造一个自我放弃的暴风雨夜。摇摆于放弃和重拾，日子匆匆流逝，内心得不到宁静。诗再也写不出来，精神的严谨却也升不上去，徒留一点慷慨而廉价的真诚和飘忽不定的自我认知。

是谁让瓦莱里再次提起了写诗的笔？是他的朋友纪德。当纪德提议瓦莱里整理旧作编为一个小集子时，他的诗歌写作被重启，迎来了第二个也是更为繁盛的春天。

似乎必须有人去填补马拉美留下来的空位，而这个人便是瓦莱里自己？而这样一个“纯诗”的路数就没有争议吗？事实上，在瓦莱里生前，这些似乎被后来人无条件赞同的诗篇就受到过不少认为它们无聊透顶的批评，遑论在今天的法国，介入型的文学再一次辩证回归并一时间占了上风。

我必须承认，从塞特和热那亚回来后，我对瓦莱里的一些诗也产生了更多的怀疑，倒不是因为我也走向了部分介入的一端，只是撇开那几首完成度极高的作品，他的许多诗都不再能让我提起兴致，思想的深刻与空洞往往在一线之间，我不确定诗思与哲思是否一定要进行这样的融合。我想，当我开始远离瓦莱里的诗时，我要放弃的也许不是他的诗，而是怀疑自己。阅读这样的诗毕竟是困难的，必须提升自己的精神才能靠近。

于是，在离开他父亲的港口和他母亲的港口后，我在这个寒假又去了趟科西嘉岛，虽然不全是因为瓦莱里，比如也参观了拿破仑的故居。瓦莱里的血管里是不是还流淌着祖辈野蛮的血液——没有被巴黎的智性生活全然蒸馏掉的那几滴？我看着超市里那些提醒顾客这里经常有人被打劫的告示牌，以及轰鸣而过在大马路上被撞飞的摩托车。瓦莱里一直恋爱着，恋爱焕发着他的生机，也带给他痛苦。他在法兰西公学院教书期间给让·瓦利耶写情色诗篇，完全放下了一位“纯诗”诗人的架子，打散了一位智者的生活框架。这叠加的形象会不会也有梅里美笔下敢爱敢恨的科西嘉女子高龙芭（Colomba）的身影？

读到福楼拜的朋友路易·布耶的诗，碰巧在瓦莱里的法兰西公学院讲义里看到他引用布耶的诗，白鸽（colombe）的意象再次出现。一如在《海滨墓园》里，这只白鸽不仅要带来和平，更要带来精神世界的飞升，就像在《浮士德》里，永恒女性自如常，接引我们向上。

瓦莱里在热那亚的暴风雨夜见到了浮士德还是梅菲斯特？他打了什么样的赌？赌掉那些晦暗的情绪和非理性的激情，赌掉造假的神秘和性爱的谵妄，忘掉蒙彼利埃的情人，以便把那些琢磨诗行顿挫的时间腾给严谨的精神，让理性从热那亚的港口破窗而入，涌入这逼仄的房间和心室？他开始阅读庞加莱的数学著作，去上居里夫人的物理课，而对科学的狂热一定是理性的吗？

可谁能想到，在热那亚的夜里放弃了诗歌的瓦莱里，会在1896年写出哲学散文《与泰斯特先生夜叙》，并于去世一年后出版剧本《我的浮士德》？泰斯特是浮士德还是梅菲斯特？在那个暴风雨夜，除了文本呈现的内容，他还对瓦莱里说了些什么？诗人的这个分身是放弃了名利的隐士，尽管他曾发表《精神的危机》

和《当今世界之我观》等敏锐的时事观察，并在“二战”前夕的讲话中已预见“滥用光、速度、麻醉品、奇观和噪音”将成为人类的恶习，但更多时候他以背对时代的方式进入了时代。泰斯特先生的晚年生活将比预期的更加艰难，并将给其发明者带来很多麻烦。他将被指责没有守住诺言，也就是说，因为他像其他人一样说话，而不是保持一种珍贵的沉默。

法国塞特海滨墓园里的瓦莱里。

我在巴黎最后的探戈

娜迪娅小姐终身未婚。

出于尊敬，我们都称她为小姐（Mademoiselle）。又因为她姓布朗热（Boulanger），我们把她的沙龙称为面包店（Boulangerie）。每周四早上，我会和其他同学一起去她家上音乐课。从她家步行到马拉美的罗马街只要十分钟，每周二，诗人们都在他家聚会。

娜迪娅的妹妹莉莉是一位非常有潜质的作曲家，但天不遂人愿，莉莉在二十四岁那年得了克罗恩肠炎，也许是上帝不愿看她在人间受苦，早早地把她召领。娜迪娅一家是虔诚的天主教徒，据说那天的安魂弥撒，有人透过娜迪娅黑色的面纱看见了她的眼泪。从此，她不再创作，那种才华本属于她的妹妹。她余生要做的，是传道授业。

至于她终身未婚的原因，倒不容得我们这些晚辈揣测。根据她的遗嘱，她的私人行事历藏在一个行李箱里，存放在法国音乐档案馆，三十年不能解封。当此时，我也死了，下面的说法是我在冥府听来的。

娜迪娅小姐深爱着她的家庭音乐老师拉乌尔·普尼奥（这个男人大她三十五岁），就像爱洛伊丝深爱着阿拉贝尔。

悲剧离我们遥远，娜迪娅却是在场的。

1913年末，“一战”尚未爆发，拉乌尔结束了他在莫斯科的最后一场钢琴独奏，准备稍作休憩，再和娜迪娅回法国。这是难得的恋爱旅行。但天不遂人愿，拉乌尔在莫斯科的旅馆房间突发疾病，他的手最后一次触摸到黑白琴键后合上了琴盖。娜迪娅从盥洗室走出来，目睹了这一幕。她抱着他躺在床上，合上了眼睑。她在当天（1914年1月2日）的行事历中写道：

> 我躺着时，他的手还伸向我的脖颈，夜里，他虚弱的心脏还发出可怕的呼叫，当时我只知道用白兰地、格罗格等酒精及冰袋来缓解他的痛苦，他是为了我受这折磨的，然后，他睡着了。他含着泪水告诉我昨夜他想着我。他很悲伤。我的小宝贝，我亲爱的，在早上11点15分走了。我的青春完结于今天，我的幸福结束了。

从此，娜迪娅愈发笃信上帝，坚持去教堂领圣体。她把对妹妹和爱人的悼念，部分地转化为对音乐教育的热情。

老师德隆望尊，门人弟子填满了她的教室。她教学很严格，大多数时候都没有降过辞色。我站在她左右，提出一些视唱练耳的疑惑。娜迪娅小姐坐着，我便俯下身子,凑近她的耳朵请教。有时遭到她的训斥，更让我毕恭毕敬，教室里空气安静凝固，学生们气都不敢多出，等到她不发脾气了，复又开始向她请益。

我是一个南美来的留学生,且是资质蠢钝的一个。虽然小姐没有低看我一等，但在学长学姐们面前我感到自卑，这委实让我难受。在她教学生涯上千名学生中，有和我一样来自阿根廷的巴伦博伊姆，有美国来的伦纳德·伯恩施坦、乔治·格什温、菲利普·格拉斯、阿隆·科普兰、昆西·琼斯，有乌克兰来的伊戈尔·马克维奇，还有法国本土的米歇尔·勒格朗、皮埃尔·亨利。她相信课堂教学的质量主要在学生，天赋都在学生的身上，老师不过是愤启悱发。

有一年瓦莱里从马拉美的教室过来听她的音乐课。后来，她就常用瓦莱里的诗歌理论来启发学生的音乐感悟。她在教授舒曼的作品时引用瓦莱里的话说："诸神无偿地恩赐给我们第一行诗，但第二行诗的创作取决于我们，它必须与前一行诗吻合，并且不辜负其超自然的兄长。我们需要用尽所有的经验和心智，才能使它与被赐予的诗行媲美。"她还说：

1. 当我接受上帝，我便接受美丽、接受情绪。我也接受杰作。

2. 一位伟大的艺术家可能成为一个可怕的由邪恶驱动的人，邪恶为人类的弱点付出了代价，但肯定不是平庸的。

3. 在我看来，很多人缺乏的一种素质是注意力。从本质上讲，注意力是一种品格。一些人注意力集中，于他们而言，一切都变得重要。与他人在一起时，一切都会过去并被遗忘。他们每天重复自己的行动，进步是不可能的，因为任何产生的东西都会立即消失……这是人与人之间的根本区别，注意力使某些人异常活跃，其他人则被我称为"沉睡者"。让"沉睡者"躺下吧。唤醒他们没有意义。

4. 作为表演者，你必须诚实演奏，不是为了表达自己，而是要让作品得以表达：不要说我的贝多芬奏鸣曲、我的肖邦诙谐曲，仅是诙谐曲而已，甚至那都不是肖邦写的，而是借肖邦之手完成的，当它成为杰作，也就不再需要肖邦。它不再需要表演者或听众。它什么都不需要，它只是飘浮在空气中，被光芒照亮。然后，你们看见了它，或没看见。

5. 我很少有哪一天没有想到贝多芬。如果脾气暴躁，有一天你可能会反贝多芬。反对！是的，这是一种爱的方式，但永远不会漠不关心。

我在巴黎生活已经快五年了。家里在催促我早些回国。我不知道自己在寻找什么。我把自己创作的古典乐交给娜迪娅小姐，她的评语是："虽然写得很好，却没有自己的灵魂。"她建议我从日常生活的细节中去寻找创作的灵感。我曾以为我和上帝之间只有一步之遥，但她泼的冷水让我误以为我和上帝之间隔着万水千山。

我对自己失望透了，常常流连于圣德尼街的小酒馆，看着跳康康舞的巴黎女郎掀起褶裙抬高她们套着长筒袜的大腿，迷失在肉体森林中。我甚至对娜迪娅小姐产生了微妙的不伦感情。是真心吗？似有还无。我死后才知道她的心里只有过去，只有她的老师拉乌尔·普尼奥。

巴黎是欧洲的妓院，文学艺术在里面发酵，那时的道德如此放肆，但即便是艳俗的康康舞，在雷诺阿的电影中也表现出了高雅。可是我不自信，我以为阿根廷酒馆里的探戈舞是糟粕，就像黑白的手风琴不及黑白的钢琴。

我从来不向老师提及我在布宜诺斯艾利斯的酒馆演奏手风琴的激情，担心她会认为探戈音乐不入流。那紧贴的身体、缠绕的双腿、粗重的喘息，似随手准备脱下华丽的舞服，引来醉鬼围观嚷叫。他们说我是潘帕斯草原飞来的雄鹰，在舞台上踩着节拍器。

然而出乎意料的是，娜迪娅小姐第一次听到我用手风琴自创的几段探戈后，竟然愠怒又激动地说:“真正的你就在探戈里，不要放弃它。”我知道她这样的听觉并非出自对异国情调的狂热，也与民族音乐20世纪在欧洲各国的兴起无关。我接受了她的肯定，接受了探戈音乐的美丽。我知道，我将生活在古典乐和探戈曲之间，我和我自己和解，不再羞耻于自己的出身，我不想终始彷徨。

好些年以后，贝托鲁奇准备拍摄电影《巴黎最后的探戈》。他的父亲是一位诗人。他热衷的是红色革命。而我的父亲是阿根廷的意大利移民，在首都南方四百公里的渔港穷困潦倒着。从小我就梦想过上资产阶级的生活。

革命和性都是红色的。这部电影起源于贝托鲁奇自己的性幻想，说是他曾经梦想，在街上看见一个不知名的美丽女子，甚至无须知道她是谁，就和她做爱。我想这是很多男人的性幻想，尤其是在巴黎这种地方。

探戈是一种仪式，是一种下流的神圣。本来他定下我为电影作曲。我把样曲交给他，但导演的想法总是说变就变，于是他采用了爵士乐的萨克斯管，而非探戈曲的手风琴，于是就有了片头培根的裸画，于是我们看到老旧的电梯和逼仄的楼道，隔音不好，于是我们看到背景音乐下的干柴烈火。

在道德和法律模糊不定的年代，心是当中一间烂得发霉的旅馆，空荡荡的，门把手爬满了亵渎的虫豸。

我看见一个女孩坐在巴黎歌剧院的台阶上、坐在塞纳河边的台阶上、坐在共和广场的台阶上，她曾经在这些地方和舞伴跳起探戈，身体贴得很紧，契合我最擅长的嫉妒。她穿着色彩斑斓的新衣裳，像一条游刃有余的孔雀鱼。我坐在共和广场的铜像下，一轮圆月挂在女神腰间，仿佛回到了那个爱上花都的圆月夜。我想在座椅朽烂、天花板渗水的电影院的门口把自己演奏给她听，演奏我在巴黎最后的探戈。

还好贝托鲁奇拒绝了我，那是我创作的一首平庸之作，而且如果娜迪娅小姐知道了，她八成会觉得我是在和撒旦合作，才写出这渎神之作。

像电影里一样，我在巴黎的小酒馆演奏探戈，总是站立着，就像站在娜迪娅小姐身旁。这家 18 世纪初就存在的小酒馆，历经了 1848 年革命的街垒，直到在我死后三年改造为一家叫“Tango”的彩虹色舞厅。

父亲意外去世几天后，我才收到消息。当时，我人在纽约。世界像一场瘟疫，我像一把锈得快烂掉的钥匙。我把五年前在巴黎谱写的探戈曲《诺尼诺》改写为《再见，诺尼诺》献给父亲。

晚年的我长期旅居意大利，也许那里才是我原生的故乡。我去那不勒斯看马拉多纳的比赛，他则乘坐专机飞回阿根廷给我庆生。我为深爱探戈的盲诗人博尔赫斯的诗歌配乐。我思念阿根廷的伊瓜苏瀑布，思念那里的灯塔，思念那轰鸣和光亮，那就是我要的这首曲子的节奏，仿佛普希金的大海。

后来，娜迪娅小姐也死了，跟莉莉合葬在一起，在蒙马特公墓。没有人会否认她是 20 世纪卓著的音乐教育家。亲爱的小姐，只要时间允许，每年我都会带上一朵你爱的雏菊去墓畔看你。她不会想到，她的鼓励让探戈曲也有反哺古典乐的一天。

我为父亲写下的那支探戈曲，如有神助。那不是我在巴黎写的最后一支探戈曲，但它又分明是，因为它是献给隐蔽的父亲和上帝的，而我是异教徒，此生就这么一次，我看见上帝在云端对我微笑。

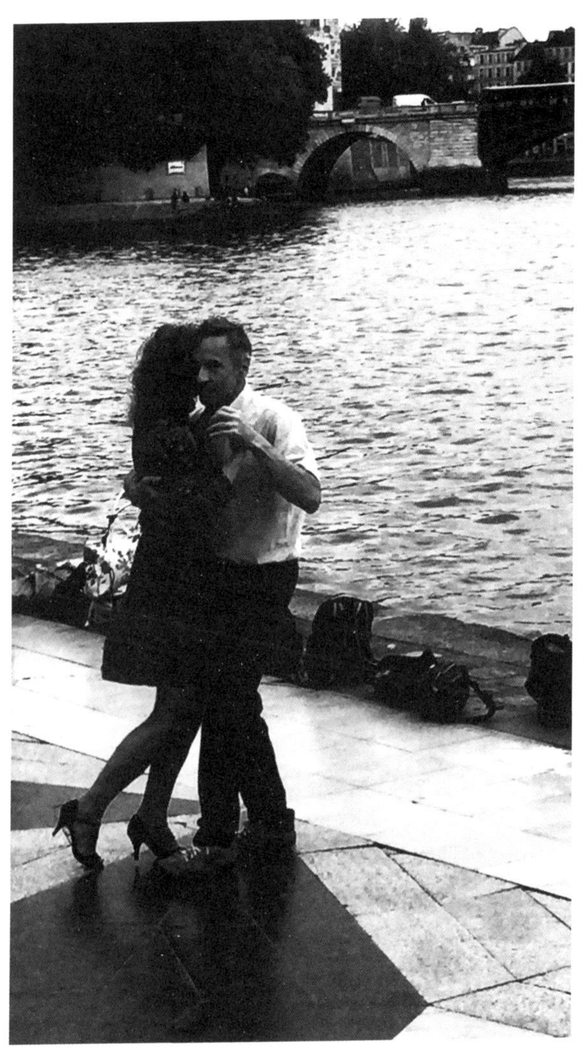

巴黎塞纳河边的探戈。

不亚于陀思妥耶夫斯基的数学

宫崎学长花了三个月时间预约在巴黎93省博比尼长居的申请，他终于来到警察局的27号窗口前，整个流程在一分钟内结束，这就像是他从日超买好了食材，花了三个小时做饭，然后五分钟内吃完，看着灶台上没有成就感的尖头筷子。尽管预约的时间是当天上午十点，但宫崎还是等了六个小时，这期间他百无聊赖地看着大屏幕上滚动的排号。他贴着玻璃跟像在坐监的工作人员——一个带着外省口音的法国女人——沟通。递材料那一刻，他不知道谁的手里瘫痪着谁的自由。

“你的职业是什么？说得详细一点。”

“我是个数学研究员。”

“数学研究员？那是什么职业？”

这段对话是我在A君的生日聚会上第一次遇见宫崎学长时他自己告诉我的。他说当他和那个法国女人四目交接的时候，他从候审的玻璃上看见了自己多云的表情。这让我想到布罗茨基 1964 年遭受的庭审，我说："学长你真走运，你没有被判为社会寄生虫劳改五年。"他的笑容有些扑朔、眼神有些迷离，看着对面街上的行人和托洛茨基常去的花神咖啡馆，点了点头。

宫崎学长从东京来巴黎半年了，目前在巴黎六大从事为期一年的数学研究。赶巧他和当天的寿星 A 君做了邻居，不然我们也不会认识。

"我听 A 君说你在巴黎学文学，是吗？"

"有时候我觉得学文学这种说法很牵强，我不确定文学能不能学习，不过我现在也没有工作，姑且也可以这么说吧。有时候我挺羡慕你们这些数学家的，我们的论文写上三百页也不足取，你们一页纸甚至一个方程式就改变世界了。"

"不过一道题算了一百遍也没有解出来，多少也有些让人沮丧啊。"学长沉吟半晌说，"你现在的研究对象是你最喜欢的法国作家吗？让我猜一猜……司汤达？"

"我想我很难和最喜欢的作家保持距离了，就像一个白痴疯狂地爱上了某个人。A 君真会挑地方，普鲁斯特常让他的女仆来这家啤酒屋带酒给他。你知道，从高中开始……”

“高中？我对数学的痴迷也开始于高中。”他的脸上渐渐有了些不由自主的喜色。“我觉得在座像我俩这样的人一定很多。”他凑近身子悄悄和我说。

我俩是怎样的人呢？我有些答不上来。我低头看了看纹丝不动的刀叉、餐盘里冷掉的牛肉，又环视了下在座这些命运交错的城堡，觉得自己快要被取消坐在这里的资格了。

“说来惭愧，我的数学一直不是很好，我只记得几个数学家的名字。我听说法国人数学很强，你也知道，法语的 99 要用 20 乘 4 加 10 再加 9 念出来，学长你来对地方了。”

“数学家往往是不会数数的一群人。”他憨笑了一下，“不过你说得对，法国人数学确实强，以菲尔兹奖为例，法国的获奖人数目前排在第二位，仅低于美国。”

“研究数学的应该都是些天才吧？比如法国人伽罗瓦。不过他二十岁就在决斗中死掉了。”

“我现在的研究和伽罗瓦的理论多少也有点联系……那是我能想到的一位数学家最美的死法，大概他自己也不想活了，决斗前三夜他奋笔疾书把所有数学成果都写了下来，还留有很多‘我没时间了’

的旁批。”

“如果要在法国文学史上找一个不亚于数学史上伽罗瓦那样的天才，我想应该就是兰波了。”我怎么冒出了这样一个瞎比附的句子？这个句型我好像在哪里见过。对了，是日本数学家冈洁。

冈洁的身影总让我想起那个一年四季穿着和服、踏着木屐穿过索邦大学喷泉广场的日本留学生，他在我们眼中一直都是个怪咖。不过他跟他的前辈似乎一脉相承。冈洁一辈子都穿雨靴（胶底可以防止走路时震荡大脑），只在天皇授勋的时候穿过一次皮鞋，遗憾的是，颁奖典礼打断了他演算的思路。

“你们日本的数学家冈洁曾说他要做不亚于陀思妥耶夫斯基的数学。”

“很高兴你知道冈洁的名字。他是位伟大的数学家，但日本人并不太理解他。”

我知道冈洁是因为他和胡兰成的交游故事。胡兰成曾用日语写过一篇《冈洁先生》。我对胡兰成不怎么感冒，不过他笔下的冈洁是好玩的，兹抄录一段于下：

> 冈先生实在好玩，在留学法国途上的船中，

> 每天花时间和大家一起下象棋，走围棋，玩花纸牌，连入浴的时间也珍惜，梦中还想着玩。大学里上课的时间还三天两头与姑娘们玩麻将。完全不在乎天才的时间就这样被浪费了，但我感叹自己不及冈先生。

冈洁一辈子发表了十篇论文，这对于数学家来说可能是高产的。

但大学毕业开始工作那几年，他一篇论文也没有写出来。他被同事排挤，评不上职称。不会上课的他经常满头大汗提前讲解完备课的教案，或是在通过板书讲解一元解析函数时掉进自己多变量解析函数的世界，听得课上的学生、日本第一位诺贝尔奖得主汤川秀树一头雾水（东方教育的智慧，即使是自然科学，也讲究“不愤不启，不悱不发”，据说晚年的冈洁会让学生到深山寺院里坐枯禅以寻求数学上的开悟，他自己也常常终日冥想）。

当了几年讲师后，冈洁被解职了。1929 年，他来到巴黎索邦大学求学。他的生活费是父母暗地里举债借来的，妻子则靠着继承的遗产和打工陪读，但他对这些事情全然没数。他就像一个从澡盆里跳出来的婴儿，像希腊人阿基米德一样大喊大叫：“Eurêka !”（我发现了！）

但在巴黎的三年，冈洁一篇论文也没有写出来。妻子怀孕了……眼见着连回国的路费都快要不够了……就这样，这准一家三口回到了日本。得不到学界承认的冈洁去到广岛大学教书，生活上异常拮据。世人不理解冈洁，只有妻子相信他。她典当首饰，变卖家产，甚至替人除草，兼种山芋，艰难度日。

解不开数学题的时候，冈洁就会打开陀思妥耶夫斯基的《白痴》。冈洁相信他的数学和陀思妥耶夫斯基是相通的，他与梅什金公爵之间有着梦的脐带。他说："读到某页，似乎完全进入死胡同了，可到了下一页，又展开了一条全新的道路。《白痴》这本书给人的感觉就是这样。既然文学可以这样，那么数学又有什么打不破的障蔽呢？认为突破不了，这想法没有出息。"

冈洁很少读数学以外的书，也不懂柴米油盐，他只会解题。他没有想到是陀思妥耶夫斯基给了他解题的灵感。他这一生解决了数学界两个 Cousin 问题，他的环论经过法国数学家的深化，发展为现代数学的层理论。

布勒东说："我已找到爱你的秘诀，永远作为第一次。"冈洁研究数学的秘诀和布勒东的爱情秘诀是相通的，那是一种对过剩记忆的遗忘，让每一次解题都成为人生的初见。这让我想到小川洋子的小说《博士的爱情算式》，书中那位数学博士的记忆只能维持八十分钟，时间一到就自动归零。

爱因斯坦的方程式真的改变了这个世界吗？还是说，只是揭示了宇宙奥秘的一个角落？冈洁用堇花的花瓣解释斐波那契数列时所说："花与数学有关。不光是花，水的动向，云的涌动，风的风向，世界上的万物皆与数学方程式相关。"

> 想干的事还多得很，不想死。不过，肯定不行了！明天早晨就没命了！这回可是运算错误。

据说这是冈洁的遗言。

我不知道冈洁是怎样的人，但他看起来像个真正的白痴。据说，他高中时因为想看看不刷牙有什么后果，索性整整三年都不刷。还有一件事，冈洁第一次见到未来的妻子时，被她那句"把没有的东西想象成有才有意思"吸引。

日本京都银阁寺附近。

冈洁在去巴黎前曾在京都大学数学系求学和任教。

谁为阿尔托的疯狂而疯狂

我从勒阿弗尔来，身上带着北方海风的气味。雾色的军港下着灰蒙蒙的雨，海面是灰的，天空是灰的，行人是灰的。德军的炸弹已经轰毁了整座城市。我是占领时期来的巴黎，犹太儿童都逃走了，或躲在某个顶楼的女仆房间。全城宵禁。

我这年三十岁了，住在圣日耳曼德普雷，放弃了所有的营生，误以为写诗可以作为职业，我自费印刷诗集，因为没有出版社愿意出版我的《必死诗篇》。我病恹恹的，肺结核找上门来。

直到读了阿尔托写古罗马皇帝赫利俄加巴路斯的书的开头："赫利俄加巴路斯，死而没有坟墓，喉咙被警卫在他宫殿的厕所割开，如果在他的尸体周围有血液和粪便的强烈循环，就会有精液在他的摇篮周围密集流转。"语言的头颅被一把生锈的屠刀完美割下。我有些失控，我笃信活着的价值在于为他的疯狂而疯狂。他在罗德兹的精神病院待了九年，其间我试过给他写信，没有回复。

1946年5月26日这天，阿尔托从罗德兹回到巴黎。他的身影出现在奥斯特里茨火车站，焦急等待的旧友们纷纷迎上前去。我知道我去了也搭不上话。我本该也去的，但我嗜睡，我赖床，我被金色短发女郎的腰身缠绕。

我们都见过，不少以青年导师自居或享誉的人，最终被证明是骗子，在最好的情况下是单纯而善良的骗子。我们应当抵制一切形式的个人崇拜。可是，阿尔托回到巴黎那天，准确说是翌日，我走上了一条不归路。

翌日，阿尔托和他的朋友们在花神咖啡馆坐定，巴斯克地区的贝雷帽几乎遮住了他的耳郭，面容千疮百孔。他有些像风烛残年的父亲,如刀锋切开的嘴唇，说话时断时续，忽然提高嗓音，证明曾经是戏剧和电影演员的舞台腔，如被捅死在浴缸里的马拉。

他低声对玛尔特·罗贝尔说话：“你喜欢这些人，因为他们强迫你喜欢他们，但实际上你讨厌他们。”

他向开车来接他的杜布菲抱怨，因为画家希望他听从一个医生的意见：“我比不管哪个医生都强，他们对鸦片的认知比我少。我抽鸦片的历史超过三十年。”

接着他指着我说：“杜布菲先生不敢相信这个毛头小子对社会组织的了解比他还多，不然就不能理解《必死诗篇》当中的一些诗行。”原来他读过我的诗作，尽管他喜欢用“诗行”这个词,胜过用“诗歌”或“文学”这样的说法。

他说：“要理解它们就必须体会他在巴黎的索居和迷惘。”

如果他能得出这样的结论，看来神志尚且清醒。那么是谁裁定了他的疯癫，把他软禁在罗德兹九年呢？而我又该怎么判断自己是不是疯了？他说了很多关于我的诗作的话，有些我也记不清了，不晓得是不是以后要托我办事，多半是些好话。这让我一开始的欣慰转为自我怀疑。

他约我下周三早上十点见面，在伊夫里他家里。

开门的时候他本来想和我握手，一阵犹豫后，只伸出来两根手指。

“你知道吗，先生［他叫我先生］，有太多人打压我、损害我，他们也打压你？”

“打压我？可是没有人认得我啊。”

“我肯定他们认识你。他们知道你要写一些东西，安排好了阻止你这样做。他们想要让你受苦和沮丧，因为你写了有价值的文字，他们不愿这些文字流露。”

他和我说了一会儿宗教方面的事。他试图在东方智慧里寻求解脱，但他所知甚少，又或者买到了江湖郎中的假药。他所说的诸神不尽然是异教徒的。他所说的上帝，是一种说话的纯粹力量，而那种语言不是我们的。

他试图描述罗德兹的精神病院，那是一个有着各种绞架和刑具的所在。当他想要发作，就被击打至昏迷。醒来时只有铁屋子的窗，如罪犯，不知身在何处，肩膀和手臂被虎钳夹住。分不清他的描述多少出自真实、多少出自谵妄。

我感激他对我的诗作的肯定，但自此，我知道自己在人间的任务是记录下他的言行。从 1946 年 5 月 27 日到他去世的 1948 年 3 月 4 日，我每天的日记几乎都是关于他的。从他那里我得知，戏剧不再被用来净化观众的心灵，而是让他们感受渎神的暴力，从而真正接近圣洁之地。我甚至认为，要理解从 1915 年我出生到今天欧洲发生的暴力事件，必须通过他。

解放初期的巴黎，食物短缺，毒品更是难找。我和我黑色长发的妻子罗兰德本就拮据，刚刚有了襁褓中的孩子，但只要阿尔托有需要，我就会省出钱来给他买食物和鸦片酊，也私心分一些给我那犯了毒瘾的金色短发的情人。她更能让我快乐。阿尔托如果没有这些毒品，会不会进一步疯狂？我不希望他回到罗德兹，我要记录下他的幻象。当他心力交瘁的时候，我给他读信、替他抄写，自觉自愿。

阿尔托甚至为了生计写过一篇关于上海娼馆的“报道”，但很快这些异国情调都让位给了对“残酷戏剧”的思考。他幼年在马赛的殖民地世博会上见识过巴厘岛的剧团、柬埔寨的舞蹈、印第安人的祭祀仪式，领略了戏剧古老的神圣性。

他指导一位女演员彩排他的戏剧，手段粗暴，像一个古罗马暴君，揪她的头发，踢她的肚子。“残酷”？“吞没黑暗的神秘生命旋风，无情的必然性之外的痛苦。”他此生只对一位罗马尼亚来的女演员温柔过，那时他们还在“老鸽巢”剧场跑龙套，经常一起在休息时间站在剧场门口抽烟。他们在一起了，他们分手了，十年后，当有人在墨西哥的讲座上向阿尔托发问，他依然认为她是世上最完美演绎安提戈涅的人。

在《戏剧及其重影》中，阿尔托认为，戏剧的理想是瘟疫。它们的相似性在于，都是将脓疮从有机体里面排泄出去，它们都是对某种精神力量的召唤，摧枯拉朽。瘟疫没有中心、没有焦点，因无序而失控。

然后他去了爱尔兰，拄着一根拐杖。他在都柏林的街头因流浪和影响社会治安遭逮捕，被径直遣返回法国，船刚刚在勒阿弗尔靠岸，他就被强制带去了精神病院，一待就是九年。

谁能料到他会认识我这样的后生晚辈，和他讨论诗歌。1947年，我又自费出版了第二本诗集《为了所有记忆的诗》，再次在批评界石沉大海。我的病情在进一步恶化，阿尔托也是。相处久了，我甚至认为，他的身体比文字更重要，或者说，文字也是他的身体。这个身体就是一座剧场，这座剧场就是文本的存在。我们所有的矛盾在那里交战。

在一篇日记里，我写道："他生命的密度使我进入了一种绝对，他的绝对。我陷在他的旋涡中。我像一个梦游者跟随着他。夜里，当我在朱西厄站台或巴黎的某处离开他，我喝得烂醉回家，奇怪自己为他的话、为他唱的圣诗、为他独特的面容、为他尖锐的目光而深深着迷。我不加思考地走在巴黎的街道上或只想到他。我的生活被改变了、被点亮了，世上有阿尔托，我活着。"

我以为我会先他而死。我甚至怀疑他是否活过。最后一次见到他是1947年12月13日。我记得第一次约见面，他说下午两点到四点是他一天当中状态最差的时候，但这次他是下午两点来看我的。他病得很严重，新书《凡·高，被社会自杀的人》刚刚出版，说是给我留一本。

这次凡·高的展览很成功，这本书也较为罕见地大受欢迎，他很满意，再清高的人也有挡不住世俗赞誉的时候。他向我道歉没有更早来，他之前病得更严重。也许当一个人需要抵抗什么时，他的病躯会显得更硬朗，一旦可以自由呼吸，积压的病兆就会暴露出来。我请他为我签个名，他欣然应允：

愿一道凡·高的阳光治愈你

他不能多待。我知道他来我家已经付出了巨大的努力。医院留给他的印象太恐怖，他有些忌惮医生，进而对病情有些隐讳。他食欲很差，疲惫写在脸上，有些不想活了的意思。他走了。离开我家的时候，他戴上贝雷帽，一直捂到耳朵，就像第一次见面时那样。阿尔托也许有过很多朋友，但他是我唯一的朋友。

阿尔托从小就喜欢涂涂画画，这在他生命的最后三年显得尤其重要。绘画对他来说成了一种可与写作相媲美的表达方式，且与写作紧密相连。他是语言大师，也是线条大师。他画的肖像画虽然尚未被归入当代艺术史，但在我眼中不失为杰作。这当中一幅荒诞派戏剧家阿达莫夫的肖像画尤为引起我的关注。

这个流亡巴黎的亚美尼亚人不时来阿尔托位于伊夫里的家里，在他的画布前坐下来。那是两个“疯子”的对峙。阿尔托有时分不清是在画模特还是在画自己。1947 年 6 月 17 日，我在日记中写道：“开始很久了的阿达莫夫肖像画完成了。画作底部的题词是用红色粉笔写的：‘阿瑟·阿达莫夫，文学史上独一无二的书《自白》的作者。’”

阿尔托和阿达莫夫在超现实主义运动早期就相识了，那时，一个二十八岁，一个十六岁。超现实主义阵营的朋友们纷纷都出了书，但阿达莫夫还是找不到自己的路数，只能偶尔在合编的杂志《间断》中找着他的名字。他下不了笔，自认为大器晚成。加之超现实主义团体的党同伐异，焦虑、负罪感、神经症更加充塞着他俩。

这本《自白》是阿达莫夫于去年出版的，记录了战前他三十岁左右的一场精神危机。他被投进维希集中营后，这场危机愈演愈烈。阿达莫夫毫不妥协地讲述了他的爱情、肉欲和受虐经历，其中一些句子仿佛出自阿尔托：

写作，我应当写作，不惜任何代价，不顾一切。因为如果我停止写，一切就会崩塌。语言会抛弃我，很快我就不再能站直，我跌落，我摔倒，一切都会付之东流，一切都会解体，一切都会剥蚀，而我就会搁浅在岸，如一只瘪掉的气球……我对我的全部认知，即是我受苦，如果我受苦，那是因为在出生时就有了伤残和分离。我是分离的……许多道门开着、关着，在世界各地的风中晃动。夜的梦是一扇门，通向因蜕变而产生的睡眠。在人类灵魂的庞然中，无数的门不停被合上，它们将各种意识状态分离。而生命本身就是一扇半开的门，但总有一天，死亡的风会让它出现缺口。

阿尔托也为我画了一幅肖像画。

当我因肺结核住院时，出院还能见到他就是我活着的动力，不然我不会配合护工好好治疗。我一出院就给他写信。我没有想到他会溘然长逝。我恨我自己没有早点去舒瓦西门那边看他，从我家到那里坐地铁只有三站。我去参加了他的葬礼，天空是灰的，行人是灰的，心情是灰的。回来的时候我精疲力竭，就像每次高度集中地听他说话使我精疲力竭。我需要忘记太多来缓解这份苦楚。我想我的死期将近，上天在帮我挑选日子。

世界已精疲力竭，它的不在场证明，文学，也已精疲力竭。从人类开始“我思”、开始“我说”，从荷马史诗到使徒行传，所有“理性”的话语，都有待摧毁或重建。阿尔托的身体绑满了“炸药”，口中念着叫骂的咒语，他要炸毁文学和文学的世界。

疯狂，为了健康地活着。

1950 年，我自费出版了第三本也是最后一本诗集《愤怒与仇恨》，依旧无人问津。罢了，我最好的文字都在关于阿尔托的日记里了。阿尔托用美丽的语言表达了对语言和思想的愤怒与仇恨。

我没有能力应答他的愤怒提问。我将葬在祖母和姑妈的墓旁。死的那天是 1951 年 5 月 27 日，好巧不巧，满打满算是我见到他的五周年。我已经提前写好了我的墓志铭：

我已厌倦了消散的雾霭
我已经疲惫于这种痛苦
我想象着一份爱情，在那里我能不哭地活着
我想象着一个国度，在那里我可以死而无憾

巴黎圣安娜精神病院。

阿尔托从 1938 年 4 月开始在此接受了十一个月的治疗。

科莱斯与大革命

启航吧，希腊人！在抵达蒙彼利埃以前，帆船将在意大利里窝那的海上隔离站搁浅一个月。疫情刚控制下去又有了反弹的迹象。在疫情蔓延前，他就决定要注册大学的医学系。这颗追求自由的灵魂还是担心有一天不得不回到蛮族桎梏的土地，而只有医生才可能在害怕生病的屠夫那里得到些微的温柔以待。

他的父母在他抵达法国后的一两年相继去世。打那以后，他就断了资助的来源，只好向亲戚借钱，卖了祖产，开始接些翻译的活。从那时起，他也就断了继续在祖国生活下去的念头，还能让他牵挂的只有希腊局势的变动。

一个人可以选择背离时代精神，做一个不合时宜的思想者，可时代精神放过的人少之又少。也许他自己都没意识到孔多塞和爱尔维修的书卷已经置于他的案头、堆到他的枕边了。弃医从文的剧情只留给大人物回忆录的影子写手，他在求学路上看到太多疾病的隐喻，他多半也想过放弃学业，但他坚持了下来，完成了一篇题为“热病学纲要”的博士论文，并留校任教。

他是一位年轻的讲师了。他带着昨天熬夜写好的讲义，开始了这门课的第一讲，讲台下黑压压的一片，时光从左脸放纵到右脸，这门课叫“心脏、动脉、静脉”。那些画错静脉图的学生只能不及格，因为他们将拿起手术刀在病人的身体上写作。

可他不甘于做一辈子讲师，外国人在这里的高校评职称太难，他屡遭排挤。

1788 年，他想去巴黎了，尽管此时的巴黎空气中弥散着谎言的气味。他还没读到西耶斯的书，不知道什么是法国的第三等级，他在这个社会里又属于哪个等级。山雨欲来，革命就在眼前，攻占巴士底狱的人潮如黑影提前向他袭来。

他用尖锐的讽刺嘲笑教士和贵族，说他们是过分暴虐和傲慢的种姓。我们可以猜测他看到那些特权被废除时有多满意。

在写给士麦那主教罗托斯的信中，他对这场革命做了充满激情的叙述。作为一个好奇的旁观者，他目睹了第一次暴动：“在这些骚乱中，我每天都出门亲眼看到所有这些可怕的事情，这些事情对我来说都是新的。”

就在巴士底狱被攻占的前两天，科莱斯信步走进杜伊勒里花园，只见朗贝斯克亲王的一支皇家骑兵军闯进了花园。突然，他听到一阵厮杀声，立马躲到近旁的草丛中。等到日暮，确定再无一人，他才从草丛里钻出来。喷泉池里漂浮着亲王军队被伏击后浮游的尸体。他拽住水池边一具浮尸的脚，拖到沙石地上，那人胸口有两处殷红的弹孔。

如果他活到今天，也许他会想去巴黎的国家档案馆调查每一个攻占巴士底狱的人的职业，而在当时，他们只有一个名字：民众。民众的一支标枪上挂着两颗血淋淋的头颅，一颗是巴士底狱典狱长的，一颗是他副官的。他们无头的尸体被拖着走，几处动脉都被挑破了。

混进革命的洪流是容易的，但一个希腊人现在的牺牲是为了谁呢？他在当下看不清革命的目标，他拿不准革命是被启蒙思想挑动的，还是说启蒙是被这革命推动的。这些从窗帘后面看见的杀戮意味着什么呢？

翌年7月——14日还未成为一个革命节日——

他躲进了朋友的小楼，书架上的私人藏书不输一个区图书馆。他准备在那里继续他的医学研究工作，至少新的希波克拉底注释本需要他修订，之前的版本有太多的讹误需要校对（也许文艺复兴就来自对希腊文本的这些错误翻译）。这份学术成果很快将在欧洲的希腊学家们当中传开。

不知当时静下心来读书的还有几人。革命还在继续，上街是一种劳逸结合。1791 年 4 月，他路过一堆黑乎乎的人形，那是米拉波的葬礼，史无前例地华美，人们要把他迎进先贤祠，在那个尚不拥挤的亡灵共和国住上三年。三年后，历史的再评价把他移送了出去，换上马拉的尸骸。又过了一年，马拉的尸骸也被抬了出来，刺杀马拉的卡昂女子已经被送上了断头台。

路易十六出逃瓦雷纳，很快又被抓回了巴黎。1793 年，他被送上断头台。断头台，还是断头台，像儿童们的玩具。一个人抓住他的几绺头发，举起他的头颅向人民示众，山呼海啸，场面一度失去控制。

不久前，科莱斯本来有机会去到英国，而现在谁也不许离开巴黎了。这个他曾经幻想的新雅典，如今成了新地狱。尽管对于革命有太多异议，但他仍旧认为，希腊人民应该效仿法国人民来一场既寻求民族独立又追寻民心自由的革命，而革命的基础是教育。因此他留在法国，不再只是父母离世后少了牵挂，也不再只是担心自己回国后会失去自由，更是希望在这里尽可能地消化新的知识、新的理念、新的体验。

在异国的窗帘后面，他开始深化语义学的研究，试着把古希腊语文本翻译成现代希腊语。这些文本不该只为知识分子所知，民众也应该知道，这样才能燃起一团熊熊烈火，才能让死火山重新喷发炽热的岩浆。他没有时间再去从事具体的医学工作了。

即使在友人位于乡下的屋子里，在那间小型图书馆里，革命的喧嚣也时常打断他的工作。科莱斯的工作是为希腊的革命蓄力。巴黎的乡下大多潮湿，但至少待在这里能保住小命。

他又没钱了。督政府时期的法国也快没钱了。他不得已向故乡的旧友求助，他知道苦难："缺乏衣物、亚麻布和其他小的生活必需品，更不用说我还没能补上一些工作用的书籍，当面包涨价到每磅四十法郎时，我被迫卖掉了这些本不可缺少的书籍。"故乡的旧友劝他回家享受希腊的物质生活，即使在奥斯曼帝国的统治下也不亦乐乎的物质生活。

流血，封锁，宵禁。寄人篱下的生活让他的精神溃散，以至于想去那不勒斯度过余生，不依赖他人，享受两天南方的好天气，但终未成行。为了给自己贴补一点生活费，他继续翻译医学著作，1795 年译出泽勒的《自然与医学研究导论》，1798 年译出布拉克的《医学与外科史纲》。1799 年，拿破仑当了皇帝后，有人提议科莱斯当希腊语书籍审查官，报酬丰厚，但他拒绝了。他在熬，熬到法兰西学院因他的希波克拉底译注本奖励他五千法郎。

科莱斯，一个隐士的灵魂，在异国的窗帘后面。他在老去。他通宵不寐，他掸落烟灰。故国希腊，山雨欲来，革命就在眼前，独立战争一触即发。

该来的终归是来了，尽管他认为早来了三十年，因为民智未开，因为积习尚在。要驱逐土耳其人是相对容易的，尤其当异族统治过于长久，就像捣毁一座牢狱一样不需要太多的知识，困难在于革命之后的重建。果不其然，十年以后，希腊共和国的总统恢复了暴政，成了赶走暴君的暴君。

还是在异国的窗帘后面，科莱斯呼吁赶走这个独裁者。人们指认是他的控诉诱发了刺杀总统之举，而他深知暴政并不会因为刺杀一个暴君而得以消除。他深知这一点，因为他在巴黎，作为介入的旁观者，亲历了法国大革命爆发到拿破仑上台的十年。不，他待的时间更久，从 1782 年抵达蒙彼利埃，到 1833 年客死巴黎（他眼中的新雅典），他在异国流亡了半个世纪。

刺杀总统的消息从希腊传来，科莱斯陷入了沉默，回首往事，他看见一个个被人民拥护的领袖被送上了断头台，埃贝尔、丹东、罗伯斯庇尔，一颗颗血淋淋的头颅被顽童在巴黎的街头踢来踢去。1789 年，他每天都上街看看这些可怕的暴动，一切都是新鲜的，都突破既有的认知。

他提前嘱托将来把自己葬在蒙帕纳斯墓园研究希腊学的朋友的墓旁，当初正是这位朋友不遗余力推介科莱斯在这个领域的实绩。科莱斯的墓碑上刻着几行法语诗句：

> 这个高贵希腊人的儿子唤起了他们的天赋，
> 使一个英雄的人民在他的声音中站了起来。
> 法兰西，科莱斯，你的第二故乡，
> 骄傲地把你护卫在墓穴的安宁中。

巴黎的蒙帕纳斯大楼和药店。

扔掉博士论文上街去

二十五岁那年，他从瑞士沃州去了巴黎，注册了一篇关于法国 19 世纪诗人莫里斯·德·介朗的博士论文。托圣伯夫的福，这位诗人在当时还有几个人记得。既然那么多学究都把时间贡献给了龙萨或泰奥菲勒·德·维奥，为什么不研究下这位英年早逝的浪漫派诗人？和他同去巴黎的瑞士留学生都说好，这样可以填补文学史研究的空白，回洛桑能找到教职，但他不这么想，他只想先在巴黎待上几年。

他去黎塞留街的国家图书馆借阅莫里斯的姐姐和诗人的通信，这有助于了解诗人的生平，圣伯夫的方法在当时并未过时。在让人想起太多绿色台灯和为了保持安静偶尔发出咳嗽声的阅览室，在让人方走进就惘然若失不知寻何而来的目录室，他很快就对学术感到了厌倦，不想再知道诗人如何得了肺结核而死。这与他的性子有关。初到巴黎时的研究激情一落千丈，他恨不得导师在接到申请计划书时能看得仔细一点，从而拒绝他的请求。

想到自己迟早会回去，在巴黎的几年他就很少回国。他和瑞士友人合租了一间破旧的屋子，太多的精力耗费在处理漏水问题和做饭上，没有整块的时间思考。他的心思有些散了，他想到街上去观察来来往往的行人和坐在旋转木马上的孩子。有时他会去图书馆枯坐上几小时，或在G区书架上找几本相关的书，看到天光暗淡，论文还是没有进展。

如果他是个秘鲁人，在法国写一些不痛不痒的东西，不说能贩卖回拉丁美洲，至少也能引来几个猎奇的巴黎书商，可他偏偏只是个说带沃州口音的法语的人，且这沃州不如魁北克遥远，更少了些异国情调。除了室友，他尽量少与同胞接触，不混留学生的圈子，他认为孤绝的状态有利于论文的推进，直到这孤绝让他难以忍受。

撰写论文的工作把时间切割成小块的方糖，写小说是不太可能了，他只在苦闷的间歇迸出几首自己后来也想要销毁的诗。他把这些诗攒成一个集子，命名为“小村庄”，去圣雅克街油印了几份，分赠给室友和为数不多的友人。室友顾及他的面子表现出欣赏的神情，说了些鼓励的话，就束在摇摇欲坠的木质书架上，直到灰尘爬满了书脊的山坡。

法国的导师一年也见不上几次，在他们的定位里，你已是年轻的研究者了，有什么好手把手教的，何况这文学该如何教他们自己也没谱。刚见面时，导师给他推荐了几本朗松和蒂博岱的书，与莫里斯同时代的于勒·巴尔贝·多雷维利的作品也要找来，最好把19世纪初法国的社会文化史吃透，才好就具体一位诗人发言。导师的单片眼镜在冬天看起来雾蒙蒙的，他面色红润，满头白发，留着山羊胡子，嘴唇试图抿掉杯沿的咖啡渍，他撑开卡耶博特画里的雨伞，走了，他今晚和一位被学界认可的作家有约，该死，把我引荐给作家的想法大概从未出现在他的神经系统过。

听了一天索然无味的学术报告，浏览过几家书店的橱窗，他又悻悻回到住所，换好煤气罐，端坐在书桌前，楼上琴房又传来几个分心的音符，帘外的冬雨也很配合他的落魄。室友认识了一个巴黎本地的姑娘，总是晚归。论文写到第二章，如船行到水中央，棹桨返航还是逆水前行都不对。他该如何在信中告诉父母自己在巴黎继续生活下去的理由？他停摆了，像故乡莱芒湖心无声的冷月。

最后他还是决定去瑞士人爱德华·罗德的沙龙试试运气。他低头了。依靠罗德的关系，在沃州的文学杂志上发文章很容易，这可以让一个无名之辈声名大噪，如果他不回国，更可以活在传说中，打造一个在异国写作的神话故事。他裹上围巾，带着一瓶年份很近的阿尔萨斯白葡萄酒就去了。推开门，涌出的酒气让他想逃。罗德招呼他在前厅坐下，可没多久他就缩到了角落里，这样的害羞反而引来了几个同龄人的注意，侧身过来攀谈了几句，场面有些尴尬。贵妇人的珍珠项链折射到玻璃杯上，不多久，盘碟就有些狼藉了。他起身想要告辞，拜托罗德帮他在佩兰出版社出版小说《阿琳娜》的事还没说出口。

珠光宝气的社交生活很容易让人上瘾，尽管还是很怯场，但相比枯索的论文写作，他渐渐习惯了喝得烂醉的聚会，本应写论文的时间都耗在了听文坛八卦上。他开始听从罗德的建议，把沃州乡下人的法语发展为自己的特色，就像那些说着克里奥尔法语的马提尼克人一样。这种法语的音调节奏反而保存着古法语的韵味，迅速、干净、果断、雄浑，没有巴黎腔的矫揉造作，越是小地方特殊的语言，越容易在巴黎受到普遍的欢迎，追新求异的巴黎人就喜欢读点新鲜的东西，即使这新鲜里藏着陈酿，一些难用的书面时态不过是沃州人的口语。不该在巴黎的批评家面前感到羞愧而把这种语言局限于地方戏的谐谑中，他们就像大桥上那些镀金的塑像，肤浅透了。

是时候去找导师谈一谈放弃的事了，放弃也是需要勇气的。放弃论文当一位全职作家，这在当时还是个体面甚至受人尊敬的职业。在他看来，作家就像个手工艺人，得有好的墨水、钢笔和纸张，字迹才更容易经年累月后不那么模糊。产品既有物的价值，也可能比人的速朽多存有几年。他把约见面的信寄出，忐忑等待着。三个月后他收到了回复。导师约他在学院街附近见面。博士期间的课很少,他其实很少去学校。

明眼人都看得出导师看过第二章后的评语是没有细读的结果，他太忙了，当年又向法兰西学院提交了申请，竞争非常激烈，有了这样的头衔才更容易拿到教育部的科研经费。还是那只熟悉的单片眼镜，熟悉的山羊胡子，就像天主教作家莱昂·布卢瓦的胡子。

导师一副对留学生的论文也不想严格要求的样子，三言两语就答应了他放弃的事，三个月的等待就换来几分钟的寒暄,他有些不甘心,他想再说点什么,甚至想和导师谈谈私事，比如，他和在巴黎学画画的瑞士姑娘塞西尔的恋爱，法国人就爱听这些。他不时晃动咖啡杯里的小勺子以掩饰自己的紧张。

恋爱并不在他对留学的预期里，他感到写论文的时间紧迫，关于莫里斯的研究文献很少，但他有大量二手文献需要看，没两年他就比莫里斯活得还要久了，这让他有些沮丧。他也想过换题目:研究夏尔·诺迪埃会不会好些？他又开始怀疑写论文的意义：当初对莫里斯的激情到头来只是找工作的一纸文凭？而这样规范的论文写久了，是不是就写不出诗来了？

他是在电影院认识塞西尔的，老套的剧情。当时凡尔纳的儿子正努力把父亲的科幻小说改编成电影这种新兴的艺术或工业。电影里一些奇幻的镜头引来观众的阵阵笑声。塞西尔是他的邻座，她不苟言笑的严肃样子吸引了他的注意。他们后来经常在蒙梭公园的树荫下见面。她觉得他写的东西不赖，他很庆幸她先认可了他这个人，写作只是附加值，不像那些在罗德沙龙里被畅销书作家迷得神魂颠倒的巴黎姑娘，她们肤浅透了。

回国前的一年，他和塞西尔在 11 区的市政厅结婚了，见证人是他的法国朋友 Y 和 A。他们都是巴黎高师哲学系的学生，表面上的和善难掩一股让人喘不过气来的精英气息，但他们是他为数不多的法国朋友。这样跨阶层的交集多少有些诡异，他们是在逛二手书市时为抢夺一本旧书不打不相识的。

同年，他出版了小说《塞缪尔·贝雷的人生》，这是他在法国期间自己最满意的一部作品，但即便几十年后他的头像被印在了瑞士法郎上、他的小说被收录进了法国的“七星文库”（多少靠了沃州银行的赞助），还是有不少批评家在学术讲座上说这部小说写得很烂。这大概是每个决定出版自己作品的人就算闭上了眼睛也难逃的结局。

和他同一时期，里尔克也在巴黎，尚未进入十年的沉默。里尔克在圣宠谷医院里悄悄地写着《马尔特手记》，并把莫里斯的诗翻译成德文，天气好的日子便从医院里溜出来，去植物园看一眼豹子。如今，人们为了研究里尔克也不得不读一读莫里斯的诗，如果他当时坚持写完关于莫里斯的博士论文，会不会是部合格的二手文献呢？

他终究还是在 1914 年携塞西尔和刚出生的女儿玛丽安娜回到了沃州。他在巴黎待了十年，除了写过几部小说，学术上并没有长进，总体上浑浑噩噩，像是睡了一场大觉，或是把以后工作缺的觉提前睡了。

几个星期后，欧战爆发了。

没有拿到博士文凭，自然也就没法在瑞士的高校找到工作，对此他并不感到遗憾，尽管他仍然希望更多的同胞是为了学术而去法国。他还是偶尔在旅行途中给导师寄明信片，告诉他自己的近况，并邀请他去洛桑讲学。他和几个出国前的朋友重聚，借鉴法国人办杂志的经验，在当地合办了一份文学杂志。作为主编之一，他撰写了宣言式的文章《存在的理由》。在那个年代，每个新的流派出场，每份新的杂志问世，都需要一篇看似振聋发聩、实则空洞无物的宣言。

谈起巴黎的生活，他在《存在的理由》中写道："我努力融入其中，然而徒劳无功，我太愚笨了，最终我明白了这一点，可我的笨拙也逐渐增加。一个二十来岁的小伙变成了笑柄，那是何等尴尬？我不知道该如何讲话，甚至连走路也不自在了。所有语调、口音或态度的小小差异都比最明显的差异更糟糕，让你更加狼狈。英国人依然是英国人，英国人不会令人惊讶，因为他们已经被'归为某类'。而我，我几乎和周围人一模一样，并且希望和他们完全相同，却仅仅因为鸡毛蒜皮但显而易见的小事而失败了。"他还写了一本《巴黎：一个沃州人的笔记》。他感到巴黎对他这样的沃州农民充满了敌意，他希望巴黎的优越感能够很快被别的城市超越，哪怕是纽约或圣彼得堡。

他开始赞美沃州的小，小到让他足以将其全貌尽收眼底，他明了它的"语气"和性格。在1925年4月22日写给克洛岱尔的一封信中，声名鹊起的他继续阐述道："数不清的作者以小说为借口，同时鄙视和奉承民众及其语言；这种语言是最重要的，因为它是一切文学的源头和归宿，它不能被愚弄；但是索邦大学的残存者们总是要给它打上引号，也就是说，使用它时总要用钳子把它夹起来才放心。”他这么说不无道理，不过听起来倒像是在索邦大学吃了苦头，回来称颂祖国的民族主义者了，但偏偏瑞士是个多民族的国家。

在距离洛桑不远的蒙特勒，他遇见了流亡于此的斯特拉文斯基，那时有太多的俄国人流亡瑞士。他们开始合作，这个俄国人为《士兵的故事》谱曲。他知道巴黎已经开始流行超现实主义，但他假装视而不见，要去写更富“民族形式”的作品，人物众多且事件跌宕的史诗性大部头。倒不是有意为之，但因充满了死亡、世界末日、战争、病痛、奇迹和瑞士农家鱼塘之类的题材，他的作品反而获得了部分布尔乔亚批评家们的好评。然而，村俗的语言让也在法国待过的另一部分布尔乔亚批评家们读不出优雅细腻来。他被瑞士文学奖提名过几次，陪跑过几次。

没有奖金，作家的收入终究难以支撑一个家庭的生活。但也许是他的坚持，这种语言风格最终被认可，经济也终于有了好转。他和塞西尔在莱芒湖畔的普里买了别墅，别墅正对着一片葡萄种植区，女儿玛丽安娜也入读了贵族中学。

在沃州，他开始拿捏自己的语气和立场。如果他坚持写完博士论文，留在法国，也许他不必经历这样的转变。在沃州，他开始被巴黎这个19世纪的首都认可，和格拉塞出版社签约，他把故乡写成邮票大却具有普遍性的世界。他不时还有机会去法国做些文化交流，南法的旅行也帮他建立了新的人脉。他感到自己只是出国镀了层金，肤浅透了。

曾经想要遗世独立的他如今成了沃州文学圈的要人。身份也把他推到了公共知识分子的风口浪尖，他必须对各种社会的、政治的、道德的议题谨慎发言。他终于不用再去研究莫里斯在文学史上的地位了，也终于不用关心学术论文的规范了，因为现在，他被写进了瑞士文学史，研究他的论文比阿尔卑斯山腰的积雪还厚。但他过得诚惶诚恐，虚名终究不会持久。那些研究他的垃圾论文——它们说他只是位乡土作家，多大的误解——除了帮助论文作者评职称，最后只会落入碎纸机的虎口。

战争又来了，他魂牵梦萦的法国在马其诺防线被突破以后很快便投降了，格拉塞出版社也不再寄来新的合同，读者大量流失，大家都保命去了。写了一堆民族史诗，他却蓦然发现长篇小说不是适合自己的文类。他写得太多了——大概也因为不会写别的——二十几卷，但写得好的很少。晚年的他开始转向自传和日记的写作，心里想着那个 18 世纪散步的身影，想着日内瓦公民的透明与障碍。

历史和个人往往都是后见之明，回顾往事，他发现 1914 年离开法国时，他的书写形式其实就已经发生了很大的转变。

回瑞士十几年后，他的导师去世了，那么大牌的导师，葬礼也只低调地来了十几个人，那个气色尚佳的老头也有死亡的一天。他的确算不得他的得意门生。导师传承学问的书留在国家图书馆某个积灰的书架上，自信经得起时间的考验。

他有没有自问过坚持写完博士论文会怎样？会成为一个默默无闻却兢兢业业的学术人，还是后来这样盛名之下，其实难副的二流作家？当初是不是该扔掉博士论文上街去，他有些说不准，尽管街头的暴力总是那么令人目眩神迷。但他到底还是上街去了，也没有太多可后悔的，也许这就是他选择的人生，不可重来。

瑞士洛桑莱芒湖畔。

夏多布里昂，回国，不回国

夏多布里昂不想回国。

彼时的英国已经是一个君主立宪的民主国家，而刚刚推翻旧制度的法国还在大革命的浪潮中风雨飘摇。恐怖时期，人人自危，巴黎的断头台寒气逼人，而言论控制的结果是谣言如雪片漫天飞舞，甚至从国外传来一些秘闻。

夏多布里昂的妻子塞莱斯特被以“流亡保皇党妻子”的罪名逮捕，关押在隔海相望的故乡布列塔尼的首府雷恩，直到热月政变才被释放。流亡英国六七年之久的夏多布里昂孤悬海外，知交零落，与妻子也音书隔绝。

生活落魄的夏多布里昂在伦敦以给人上法语课和为书商译书（比如，弥尔顿的《失乐园》）为生，间或思考古今革命和法国革命的关系。尽管囊中羞涩，不会做饭的夏多布里昂还是请了法国来的厨师蒙米雷伊掌勺，一来不想面黄肌瘦磨损思考的余力，二来也让故乡的美味缓解下思乡的愁绪，将自己从英国的黑暗料理中救赎出来。一道菲力牛排就此应运而生，名曰“夏多布里昂牛排”。

1798年和1799年，母亲和姐姐相继去世，本就有着安土重迁、叶落归根因子的夏多布里昂在海峡这头倍受打击。国家的世俗化进程并没有安慰他内心的迷惘，他重燃对宗教的热忱，开始撰写《基督教真谛》。

夏多布里昂在回国不回国这件事上犹豫了很久。最终，1800年5月拿破仑执政府特赦流亡保皇党时，在推崇王政和崇尚自由之间徘徊的夏多布里昂回到了法国。

尽管英国的温文尔雅、美国的浪漫热烈给他留下了很深的印象，但毕竟也有让他觉得不适的地方，作为外来者，他也更容易看到这两个国家的体制弊端。夏多布里昂的英国梦、美国梦都破碎了，他回到祖国，成为一位作家。老实说，他的作品我很少再读，他在我的精神世界里并不占据位置，但他身上的复杂性很吸引人。

文学之外，在政治方面，夏多布里昂先后担任过内阁部长、驻英大使、外交大臣等要职。

都说“读万卷书，行万里路”，我这几年断断续续基本上对六边形的法国本土做了实地的细节上的考察，确实对深入理解法国文学有些实际的帮助，不过这也构不成冠冕堂皇的理由，主要还是寂寞难耐，想出门散心。法语里有个我很喜欢的词叫“cellule”，它有这几个意思：单人囚室、细胞、蜂房、政党支部、唱头。我觉得这个词多多少少道出了很多留学生的状态。

有宗教信仰的人就不一样了，他们会去千里之外的圣殿朝圣。为了写出一部描述基督教如何兴起的小说，也就是后来的《殉道者》，夏多布里昂切实地去到了希腊、小亚细亚、西班牙、埃及、巴勒斯坦，并写出了著名的游记《从巴黎到耶路撒冷》，其中有一篇《别了，法兰西》传诵至今。

回到巴黎后，他批评当年支持的拿破仑，把他比作尼禄，暗示自己就是秉笔直书的史官塔西佗。皇帝立刻将他逐出了巴黎。

夏多布里昂心灰意冷，打算效仿前辈卢梭，做一个漫步遐想的孤独者，与妻子塞莱斯特在帝都郊区一个叫“狼谷”的地方隐居起来，完成《殉道者》，并着手写《墓中回忆录》。1811 年，他当选法兰西学术院院士，成为四十个不朽者之一，但他的就职演说批判了大革命的暴行，导致正式入职延后了好几年。

波旁王朝复辟时期，夏多布里昂得宠。七月革命一来，正当人们以为他会支持有着皇室血统的路易-菲利普亲王时，他却站在了君主的反面。他成了捍卫言论和出版自由、支持希腊独立的自由主义者。在这方面，他倒不是随风倒的墙头草，相反，他还经常作为一个异见分子出现在知识场域。

夏多布里昂的后半生是写着《墓中回忆录》度过的，他本打算死后出版此书，但出于生计考量，只好生前就把版权卖了出去。罗兰·巴特在给夏多布里昂的《朗塞的一生》撰写的导言里说："这种回忆的激情，只有在行动中才能平息下来，最终给予回忆一种带有实质的平衡，该行动就是写作。"

并非所有文艺名人死后都想要住进巴黎的四大墓园，也有不少选择葬在外省特别是故乡的，比如，瓦莱里就葬在塞特。

我最近也去了夏多布里昂魂归故里的海滨墓园。墓地位于圣马洛的小岛格兰贝。我和友人先在城里吃了布列塔尼知名的可丽饼和牡蛎，登上古城墙，遥想当年海盗进犯时这里的防御战事。海鸟飞来停靠在海滩边连排的木桩上。我们直等到潮水退去才到达岛上。

不知道对于当年回国的决定，夏多布里昂真实的想法是什么。去世二十五年前，他就开始给自己的墓地选址了，也不知法国人懂不懂风水。虽然没有墓志铭，但在墓地正对面有一块小牌匾，上面写着：

> 一位伟大的法国作家想在此休憩，为了只听见风涛和海浪，过路人，请尊重他最后的意愿。

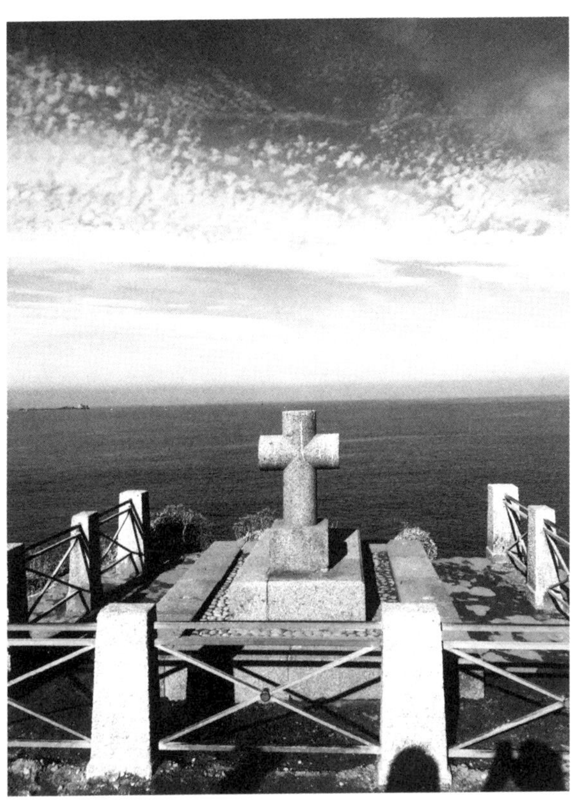

法国圣马洛的夏多布里昂墓碑。

死在瘟疫前看见了火山灰

登上你的马车，莱奥帕尔迪，离开这故土——你所憎恶的故土，离开你父亲——管束着你的父亲。这里的人笑话你的驼背、你的矮小、你的学究气、你的隐士风。你之前不是去过罗马吗？虽然你对那里的印象不好，鄙夷那座权力中心的城市，但在我看来，即使在罗马废墟中，也有这里呼吸不到的新鲜空气。

后来，我，安东尼奥，你平庸的守护者，结束了政治犯的流亡生涯，又把你带去了我的家乡那不勒斯。哪怕世人诽谤，我也要在你近旁。这种不怕诽谤的勇气是我在柏林和巴黎学来的。当时我有幸认识了拉法耶特将军和特拉西伯爵，正是后者发明了“意识形态”这个术语。

读到你的新作是我的期待。而我在隔壁房间谨守着历史研究者的本分，撰写《那不勒斯王国史》，每写完一章，你都会主动索了去看。虽然你逃离了你父亲的家，你的记忆却携带着私人图书馆的藏书，你与我辨析疑义、推敲词句。我的思想和你的走得很近，都拒绝自我审查，即使那些反对意大利教权主义和爱国主义的文字难免会招来查禁的麻烦。

亚平宁海湾的暖风吹得人不想挪窝，连那些北方佬也不时前来，随身带着几本但丁或彼特拉克的诗集。星星在最纯净的天空之蓝里燃烧，海水在远方映着这一切，卡普里岛传来塞壬的歌声。

可是，瘟疫来了。你盯着墙上张贴的抵御瘟疫的指导文告。护卫队的人戴着黑色的头罩，摇着铃铛挨家挨户查看是否有感染者需要转移隔离，隔壁的邻居推开窗答道："那个老头已经死了！"护卫队的人命令把奄奄一息者和死人都扔出来，送去火葬场。人们相信这是天父对我们的惩罚，如阳光洒在爬坡上坎的巷弄里。神父们带领信徒忏悔，试图用祷告来躲避灾异。怜悯，怜悯是唯一的避难所，是绝望的唯一解药。慈悲的圣母何时把我们抱入怀中？瘟疫来了，阅读的主要功能是杀掉时间，尤其在封城期间。

瘟疫是在英属印度的孟加拉管辖区暴发的，传染源是被污染的河水。疫情迅速蔓延至印度全境，并扩展到欧洲和北美。据说逊位的法国国王查理十世和德国哲学家黑格尔就是死于瘟疫导致的并发症。意大利是重灾区，西西里约有七万人死亡，那不勒斯的死亡人数也有两万。

可是你，悲观主义者，你不愿离开。你神经上的疼痛已经病入膏肓，我正和妹妹宝莉娜商议把你转移到安全的地区接受治疗。三十八岁，你说你已经受够了这一切，不愿去挤兑仅剩的一点医疗资源。你让我保管好你的诗篇《致意大利》和你的信件《仇恨故土的讲话》。窗外，春天已经占满华枝，圆月正位于天空的心房。你在病榻上坚持写作，直至月亮沉落。

疫情在蔓延。你终于答应我前去维苏威火山脚下的一座别墅疗养。这座火山已经长久休眠。在你的笔下，金雀花貌不惊人，却只有维苏威火山的喷发才能真正将其毁灭。你认为自己恰似这花。致命的岩浆如宙斯的金雨从山顶往下黏稠流淌。毁灭，他说。凝视庞贝的废墟很美。

在这摧毁一切的维苏威火山上，枯死着令人恐惧的山峰的侧翼。那里再没有树木或花草，莱奥帕尔迪，你展开你孤独的灌木丛，让那些赞美我们国家的人来这些山坡，看看你眼前和笔下的这些末日景象，天使已经吹响号角，长老已经展开经卷，恩培多克勒已经跳进了火山。

那高尚的自然敢于抬起它永生的双眼，盯着我们庸常的命运，然后用诚实的语言一字不漏地诉说真相，承认痛苦才是我们的宿命。在我们共同的挣扎里，在交替更迭的危险和担忧中，火山灰覆盖了一切。

你最终还是决定回那不勒斯，你相信瘟疫终将一点点消散，而你的眼睑就要成为你眼球的棺椁。你的死因是我上报的，死于心力衰竭，但我也不知道自己是不是撒了谎，毕竟这是在疫情中。你的后事由我料理，出于防疫需要，瘟疫中去世的人应该被扔进乱葬岗，但我不愿你被这样安排，便找人悄悄地先把你的尸体抬进一个地下墓穴，然后再转运到那不勒斯西城区圣维塔教堂的中庭。因为你驼背又矮小，我们对棺材做了特殊的技术处理。

很多人都不相信我的说法，认为我只想在回忆录中美化自己为朋友的丧事所做的努力。他们认为你尸体的腐肉就是在乱葬岗被乌鸦啄食干净的。

而关于这件事，在众多虚构的版本中，空棺材的版本流传最广。人们相信是我伙同你的弟弟把你的尸体藏在了家里，好让你不仅灵魂而且身体也能与我们同在。人们说我花钱请来牧师给你念了葬词，并请他伪造了一份下葬证明，以规避瘟疫时期的相关条令。人们说送去教堂的是一具空棺材，里面胡乱塞了几件你的衣服和鞋子。

人们不相信我也是情有可原的。作为造假的惯犯，1841 年我在那不勒斯出版了《5—9 世纪的意大利史》，书上标注的印刷地点布鲁塞尔是假的，尽管这主要是为了避免查禁；而为了私自占有你的遗稿，我曾谎称不知道你厚达四千页的哲理日记去了哪里，但实际上就在我手中。我真希望自己死后能和这些遗稿一起被埋葬。

后来，佛罗伦萨一家出版社找上我，让我为你写一部“篇幅不需要太大”的传记。这本书的写作和出版并不顺利，总是被其他事情打断。

1848 年的革命席卷了欧洲，那不勒斯也不例外。我参加了革命，但表现消极，我因早年那些斗争经历而感到厌倦。自感为你写一部传记才是此生的志业所在。十年后，这部有些主观的传记终归是出版了。

我当上了那不勒斯议会议员，为的就是争取更多假公济私的闲暇时间来写作，可是很快我又接手了“南方问题”。莱奥帕尔迪，你大概没有想过意大利有统一的一天，而今我看到了。可我也只是从地方的议员变成了国会的议员，参与推进在意大利废除死刑的法案。我的生活没有大的改变。对了，我还去那不勒斯大学兼职授课，教哲学史，不时还会有学生向我打听你遗稿的下落。

那场瘟疫像一个梦魇，活在那一代人记忆的创伤深处，不知道会不会在下一个世纪重临。差可告慰的是，疫情期间，我基本上都是和你一起在阅读和写作中度过的。我还记得我们时常拄着拐杖、戴着圆顶礼帽漫步到海边。和你在一起的七年是我最想要铭记的时日。时间的灰烬啊，请告诉我无限是什么、如何在诗歌中追求这种无限。

后来，我又出了一本与你有关的书，讲述那七年的相处，算是对那部传记的补充。我太想把自己的名字和你的紧密维系在一起。但这很快就招来了一些针对“自我赞美”和不够准确、恰当的描述的攻击。我不愿意承认，最多只能怪我衰老了。而对于我们通信中那些不利于我的部分，我也做了点适当的处理。到了写自己时，要让历史学家秉笔直书就难了。我甚至接受后人写到我时对我加以合情的虚构。

在这本书里，我这样描画你：“他身材平庸，体弱多病，弯腰驼背，肤色白得近乎没有血色，头很大，额头宽阔方正，一双苍白无神的蓝眼睛，鼻子轮廓分明，五官非常精致，言语谦逊，声音相当微弱，脸上带着难以言喻的、近乎天堂般的微笑。”

在这本书里，我不完全与你共患难，我成为你的赞助人，我以为这样自己就不会被历史遗忘。我在德国访学时碰到了叔本华，他也和你一样悲观，在他看来，你的《道德小品》里与历史人物的对话甚至好过你的诗，我部分采纳了他的观点。

再后来，终于，有人向我提出了挑战，那个传记作者跑去了你雷卡纳蒂老家的私人图书馆，发现了很多足以驳倒我观点的材料。他揭穿了我的假面，我并非你的什么赞助人，反而在父亲断掉我经济资助的那段时间，是你用微薄的收入救济过我。

当初是我劝你登上马车，离开那故土——你所憎恶的故土，和我一起过上流亡的生活，后来，我又把你带回了我的家乡。再后来呢？原谅我，莱奥帕尔迪。

火山灰劫余的意大利庞贝古城遗址。

布斯凯的最后一封情书

半年前当我和女友还住在帕莱索镇上的国际学生公寓时，我们没有想到会一起回到上海生活。那期间，因为疫情，公寓里的公共空间大多关闭了，健身房关了，电影盒子也关了。自打宵禁提前到下午六点，底楼大厅戴着口罩上自习的人越来越少。

天气晴好的日子，我们会去附近的森林走走。雨天，我们待在陋室。女友在电力公司实习，需要远程办公。不办公的时候，她会读读哲学或精神分析方面的书，维特根斯坦或加塔利，她讲给我听，奈何我资质愚钝。有时，女友的闺蜜玛哈会来找我们玩。她一来，我们便有机会玩桌游。随机从架子上抽取一款，赶巧是卡卡颂，卡卡颂即卡尔卡松，法国西南部以中世纪城堡闻名的小城，但这款桌游是德国人设计的。

我是来法国的第一个圣诞节去的卡尔卡松，去那里其实是临时起意。那些城堡的墙垣、吊桥、尖塔，无甚可看。往车站走，在主街上我瞥见了诗人布斯凯的故居。这名字我在德勒兹的文章里见过。德勒兹分析文学作品，多是自己哲思的投射，所以他中意哪些作家，对我来说不构成参考的律令。如果不是走进宅子并发现了诗人的一本情书选，布斯凯于我还是一个名字而已。

布斯凯在“一战”快结束时中弹负伤，那一年，他二十一岁，余生几乎都在这屋子里坐着轮椅度过。萨特说存在先于本质，莫迪亚诺说记忆先于出生，按《意义的逻辑》转引的布斯凯的说法，他的伤口先于存在，活着就是把伤口肉身化的过程。

布斯凯似乎给不止一个女子写过信，但这个被他称作“金鱼”的女子是他用情最深的。那是在 1937 年的沙龙上，五十岁的诗人遇见了庆祝自己二十一岁生日的金鱼——对，二十一岁，就是他中弹瘫痪的年纪。

他们开始通信。文字就像那些想要触摸她肌肤的手、想要滴进她心里的泪。早期的一封信里，布斯凯写道：“让我像一首歌一样对你的生活施加幸福而轻快的影响。假装我的伤口具有圣事赋予某些人的特质，这是否太过了？”

就这样过了十二年，金鱼也三十三岁了。我想象这十二年里，布斯凯在不写字的时候，摇着轮椅来到城堡下面，思念远方的人。1949 年初秋，他得知，他的金鱼,他的星辰,就要结婚了。婚期定在翌年 4 月，那是个残忍的月份。

1949 年 9 月 4 日，布斯凯给金鱼写了最后一封情书：

> 你的信让我充满了忧郁的情感，我将永远感激你。因为在信中，我的整个人生都被赋予了一种炫目的色彩。对一个人来说，没有什么比感受到自己的全部命运更令人振奋的了。生命之歌高于欢乐、高于痛苦，在生命之歌中，人了解到他曾经是他，这一事实使他有特权发现他与他的不幸是同等的。我为爱而生，但这并不意味着我为幸福而生。自从我受伤以来，我总是害怕带着我充满光明的心在生存的严酷觉醒中冒险。我爱的声音，她身体的姿态吸引我进入另一个世界，我一直担心它们会降落在我只能爬行的土地上。
>
> 终于了解到了，因为我最爱的是你，我最害怕的现实打击也是你。这就是为什么你的决定使

我摆脱了不确定性的碾压。你必须结婚，而在我这边，我向你发誓，我永远不会结婚，尽管自从我父亲去世后，我一直在探索我可怕的孤独。这些奇怪的中止是为了应对像我们这样的特殊情况。我们分开后，我才明白你在我的境遇下是多么明智地爱我，你认为你可以不经受我的痛苦而爱我吗？你与我分担了我沉重的负担，我永不会忘记。而你，我知道你永远不会把自己从巨大的绝望边缘生长的魅力中剥离出来。正是为了保存这一精致的现实，我承诺完整保存对你的回忆。

你会看到生命：卷着我们走的静水，它似乎不跟随我们，也不移动我们。生命沉睡。你会知道在离你很远的地方，一盏小灯在一个人的床边整夜燃烧，他需要所有的力量才能在你身上看到幸福的形象，而不是幸福本身。你会觉得非常奇怪，但也会觉得非常甜蜜，因为你一直被一个读懂你存在秘密的眼神等待着。

当你伤心的时候，当你怀疑人生的时候，如果你想让我给你写封信，你就给我写信，我会马上回复你。如果你想来见我，你可以来，不用事先通知，只要你想。

姑娘，我很高兴，因为你的生命来接你了。

听我说：曾经有一个人发现了一颗星星。噢，他不知道他的发现的重要性，他以为他只是在旅行者的包里放了一块白石。但随着他的行走，他路过的风景变得更加美丽，诱惑他先停下来，卸下他那越来越重的负担。但他怎么能看到地平线变得更加美丽，而不在其中找到更美地平线的诺言。他越走越远，在一束光的重压下精疲力竭，而周围的一切似乎都从中浮现出来。就在那时，他明白了他的软弱来自他存在的湮灭，他很快就会在这个世界上只剩下一个记忆，那将是星辰的孤独。而这个人接受了，他成了这颗星的心脏。巨翅在绿洲的蓝色空气中张开。而正是星辰自己飞到了最高的山峰上，那里有一个人在等它们。那个人就是他自己。我告诉你这个寓言，只是因为它像看待我的生命一样看待你的生命。

从现在起，你要用你的全部生命去另一个世界，没有什么能破坏你在我这里的纯洁形象。

我的生活在外表上是一种报废的生活，我不想要其他的。我永远不会长大，除非我想要它，就像它施加在我身上那样，把它的折磨作为欲望的对象。必须有一个纯洁和美丽的愿景，不会因为与我受伤的身体相撞而与我的梦想相抵触。事已至此，当如是。

金鱼结婚后又过了五个月，布斯凯去世。

搬去帕莱索镇和女友生活之前，我住在共和广场。热恋的日子，我写很多情书给她，也读很多情书给她。

某天，广场中央画了个小圆圈，旁边有人录像，人们可以自由表达，可以是爱的短信、观点、吼叫、玩笑、诗歌、香颂、舞蹈……一切都被允许。也不知是哪来的冲动，我站进去，给女友读了一封阿波利奈尔的情书，好让风儿和云使告诉她。阿波利奈尔这个人不是很专情，但他每次写情书倒是情真意切。回看视频时，我发现自己的头发乱糟糟的，又不想做个刻板印象下的艺术家，还有就是总低着头，背挺不直，读情书都像是在认错。

还是在共和广场，一位艺术家邀请人们写下自己的情书。三年多来，这位艺术家走过了四十多座城市，四百九十米长的情书上面已经有两万多人的字，这个项目直到所有国家和地区至少有一个人参与才会结束。我路过时在上面写下了奥登的诗句："我爱你，亲爱的，我爱你，/ 一直爱到中国与非洲相撞，/ 爱到大河跳上了山顶，/ 鲑鱼来到大街上歌唱。"

去年 4 月，我和女友从法国飞回上海。在宾馆隔离的两周，我们用 8925 和 8926 这两部座机通话。夜深时，我们还是会怀疑我们已做出的决定，一边想念开始在巴黎上班的玛哈，一边担心着多靠网络聊天排遣孤寂的封控中的朋友。在我一个字也写不出来的日子里，我想一直握住的——就像布斯凯想握住的——是女友的手。

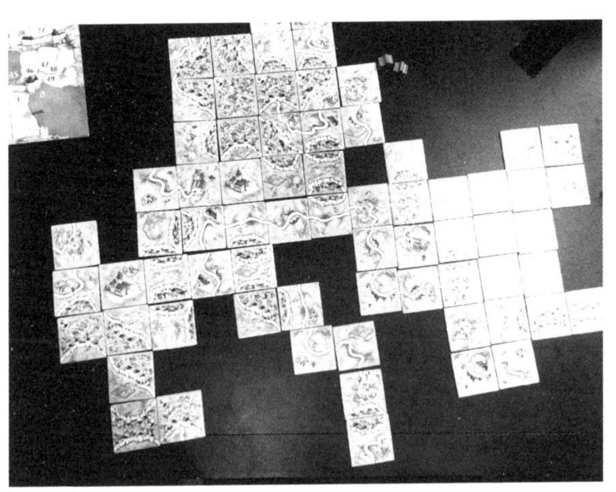

帕莱索国际学生公寓里的卡卡颂桌游。

她在王港修道院放弃了诗歌

克洛岱尔在上海生活了好些年，虽然偶尔也会去豫园和龙华寺逛逛，但大多数时候他都和同事们待在驻沪领事馆里。他不大有学习中文的意愿，也不怎么喜欢上海。

“你们会喜欢上海的。”回国前的饯行酒桌上尤恩对我们说。最近迷 K-POP 的他还推荐了一条韩国街给我和女友，后来我们确也去过。“在上海你们可以像在巴黎这样骑自行车，北京就不容易找到这样的街道了。”他是在北京出生的，说中文还带着京片子。他端着酒杯，说起小时候零度以下的冬日在什刹海滑冰的时光。后来我们在上海确也买了一辆二手自行车，战战兢兢地穿行在送外卖的电瓶车流间。

尤恩的妹妹克莱芒丝喜欢上海。她甚至有些“乐不思蜀”了，何况疫情来了之后也难回去。来上海以前，她已在预备班备考了两年高师。哥哥念的是高师哲学系，正在写一篇关于帕斯卡尔的博论，而妹妹想念文学系。

尤恩之前就在法国驻上海总领事馆实习过，他回法国后，克莱芒丝补了他的缺。

领事馆的陈先生是他们父亲的老朋友。如果不是1980年代末陈先生在使馆里组织电影放映沙龙，他们的父亲就不会认识他们的母亲。他们的父亲是上海人，以前是音乐学院的老师，二胡拉得很好。他们的母亲来自法国西北部的布列塔尼，那里信仰天主教的人口比例在今日世俗化的法国还算是高的，甚至从“尤恩”这个名字就能猜出是布列塔尼的宗教家庭。他们一起在中国生活了十二年，大多数时候在北京，有时也在上海。后来他们离婚了。

克洛岱尔在中国生活了十四年，大多数时候在福州和天津，有时也在上海。后来他就回法国了。他在中国写出了伟大的诗篇。他的传教似乎不是很成功。

尤恩和朋友在巴黎组织了一个慈善机构，有时我也陪着去给流浪汉分发食物，特别是疫情期间，在离家不到一公里的修道院。分发食物时，他们会互称弟兄和姐妹，这让我不太习惯。一个弟兄问我，以前没见过你，你相信上帝吗？我说我不信。那你相信自己吗？我说我不信。那你相信什么？具体我不知道。

阿尔都塞的一家之言："如果一个人相信上帝，他去教堂参加弥撒，[向十字架]下跪，祷告，[向神父]忏悔……于是他自然而然地感到自己是有罪的。"

尤恩知道我虽然没有信仰，但对制造崇高的宗教音乐有些兴趣。他约我去圣母院听弥撒曲。每年8月15日是圣母升天的日子，法国放假一天，那天除了疫情前全年不打烊的电影院，没有别处可以窝藏当天生日且无所事事的我。

念书的时候尤恩住在高师的宿舍，我去过，脏乱程度跟我的住处有一拼。他希望自己一辈子都能住宿舍或旅馆，那些生活的琐碎实在太分心劳神了，他只愿当一支易折的芦苇。而我们短租、长租甚至买下的房间，不过是旅馆的一种变体。他预感自己的尸体僵硬以后会在旅馆房间里被找到。走廊里的清洁工撑开黑色塑料口袋，就等他的遗骸从浴室的水泽里漂浮过来。

他也不能一辈子住宿舍，后来就搬出来住了，离圣母院不远，但那都是火灾以前的事了。或许是不想被当作游客，每次经过圣母院我都有些行色匆匆。广场上查理大帝与骑士的雕像，出自路易·罗歇之手。他还有一个身份是汉学家，早在1846年他就出版了

《通俗汉语手册》。艺术创作和学术研究一直在他内心交战，晚年放弃雕塑后，他去东方语言学院教书，精力主要放在满蒙语言的教学上。

我去听过一次弥撒曲，拉丁语唱词听不懂。其中一段《哈利路亚》是佩罗坦作曲的。12 世纪末、13 世纪初，佩罗坦在圣母院生活。

克洛岱尔也不是生下来就信上帝的。他的信仰发生于 1886 年，那年他十八岁，去参加圣诞晚祷，听唱诗班歌唱，路易十三和路易十四的雕像跪在祭坛两侧。克洛岱尔说："我已经完全忘记了宗教，对它近乎一无所知……唱诗班的孩子们在唱歌，我后来才知道是《圣母赞主曲》。我站在人群中，靠近圣器室右侧唱诗班入口处的第二根柱子。然后，主导我整个生活的事件发生了。一瞬间，我的心被触动了，我相信了……"

他还曾在《正午的圣母》中写道：

> 现在是正午。我看到教堂敞开了。你必须进去。
>
> 耶稣基督的母亲，我不是来祈祷的。
>
> 我没有什么可以提供，也没有什么可以要求。

母亲，我只是来看看你。

见到这尊圣母抱子像的还有晚年皈依天主教的于斯曼，他在《大教堂》里这样描述道："嘴巴收缩成噘起的样子预示着哭泣。也许通过设法在圣母的脸上同时印上这两种对立的感觉，即平静和恐惧，雕塑家希望她既能表达对耶稣诞生的喜悦，又能表达对预见到的髑髅地的痛苦。"

"当我写作时，我总是想到基督教中关于尸体复活的神话。"法国当代文坛的国王皮埃尔·米雄对我说。他曾在写作第一本书《微渺人生》遇到困难时自认是个冉森主义者，只相信神恩，但神恩没有降临到他头上，只有重负。此刻，我坐在上海一个近似告解室的付费自习室里。我喜欢他"槛外"的位置。

帕斯卡尔也不是生下来就信上帝的。安托万·阿尔诺鼓励他写下《致外省人信札》，妹妹雅克琳娜促成他也去王港修道院清修生活，不然他还沉溺在才华带来的世俗荣光里。

雅克琳娜一岁时，母亲就去世了。在父亲的教育下，她从小对诗歌着迷，八岁开始写诗，十三岁时得了天花，痊愈以后愈发觉得要写诗感谢上帝。

随着文学声誉不断提高，1638年，也就是十三岁时，雅克琳娜被邀请到巴黎西郊圣日耳曼昂莱的宫廷，王后奥地利的安妮亲自答谢她，因为她为王后最近的怀孕创作了一首十四行诗。雅克琳娜以其根据朝臣指定的主题写诗的能力让旁观者大吃一惊，她作为一个艺术神童获得了全国性的名声。翌年，她在黎塞留面前表演了一出话剧，并为她获罪的父亲寻得了赦免。

她的父亲被派遣至鲁昂。当时的鲁昂还未因福楼拜的小说或莫奈对火焰式哥特教堂的描绘闻名，只有“小嘴乌鸦”高乃依在那里生活。在高乃依的鼓励下，雅克琳娜继续从事文学创作，并获得鲁昂当地的帕利诺诗歌奖。

二十一岁那年，雅克琳娜受到冉森派精神导师圣西朗的两名弟子的指引，开始接触冉森主义，因而与冉森派的大本营王港修道院的修士越走越近，两年后与哥哥一起前往王港追随他们的导师安托万·森格兰。得知她要做修女，她父亲愤怒异常，逼她嫁人，她坚决不从。不久，她父亲去世了。

在修道院里，雅克琳娜埋首儿童教育，照顾有意的见习生，也积极抵抗世俗法令对修道院的侵扰。她放弃了诗歌。

1661 年，雅克琳娜在三十六岁生日前夜去世。翌年，帕斯卡尔于三十九岁撒手人寰。

过去两年，两种防疫我都体会过了。在法国防疫时，人们时常提到王港修道院。我也因做一点传记批评的关系，读了读圣伯夫的《王港》。在郊区躲避没准还能谈出一部纳瓦尔王后的《七日谈》？

我是六年前的秋天去的王港修道院，记忆青山远黛。在那之前，我对此地一无所知，直到朋友告诉我帕斯卡尔曾在这里生活。恰巧那天有一场关于帕斯卡尔的学术研讨会，跟大多数学术会议一样无聊，在老屋子里召开，更有了些霉味。有一类作者，他们有着不合时宜的沉思，他们的读者不在当下，也不在未来，而在过去，比如，当代作家基尼亚尔希望自己的书在 1640 年被阅读。

帕斯卡尔在《思想录》里写道："虔信者的热诚要比知识更多，尽管考虑到有学问的人对他们表示尊敬，但虔信者还是鄙视他们，因为虔信者是依据虔诚所赋给自己的一种新的光明在判断他们的。然而完美的基督徒则根据另一种更高级的光明而尊敬他们。因此，按人们所具有的光明就相续出现了从赞成到反对的各种意见。"

我们沿着翠绿蓊郁的山谷往下走去。雾气氤氲。山谷里有一座小教堂，连着一片墓园。朋友提醒我路旁有一块墓碑，在我右手边，那是拉辛的墓碑。孤陋寡闻如我，不知拉辛的生命与此地紧密牵连。

几百年来，法国的剧场演员都以能演出拉辛的《费德尔》为荣。但在饰演费德尔的女演员中，最有名的反而是一个虚构的人物，她就是普鲁斯特笔下的拉贝玛，虽然她也是有原型的。

在《追寻逝去的时光》第二卷开头，叙述者在对拉贝玛饰演费德尔的期待之中感到愉悦。《费德尔》这出剧他实在太熟悉了，在他眼里，这出剧通体透明、发亮，而光亮后面有艺术的微笑。后来他在广告上看到拉贝玛决定亲自献演时，更感到这个剧名为拉贝玛增添了几分高贵。然而，叙述者在现场感到失望，拉贝玛的台词和表情让他难以体会到妙处，这就像他后来对盖尔芒特夫人的嗓音感到失望一样。叙述者的心一下子凉了下来。他竖起耳朵，凝神定睛望着拉贝玛，唯恐漏掉一丁点儿精彩之处，却一无所得。她的对白和表演中甚至没有最早出场的两位演员那般舒扬的声调和美妙的姿势，尽管如此，观众还是报以雷鸣般的掌声。啊，观众！他也跟着鼓掌并误以为好。观众左右了他的判断。直到第三卷开头，叙述者才领悟到拉贝玛的表演方式是“内在化的”。

疫情还未平息，我和女友足不出“沪”。我们在她公司附近租了间房子，除了她去上班、我偶尔去学校，我们几乎足不出户，到后来更是想出也出不去了。不远处的徐家汇天主堂，即使出于游客心态我们也没有去过。再后来我们又搬到学校附近的公租房，刚开始还能沿苏州河边走走，望着桥墩下的灯影，恍然间似在塞纳河畔，可惜不久又安装上了工程队翻修用的蓝色围挡。也许我们以后回忆起在法国的生活不会恍如隔世？毕竟那里的砖石确乎变化不大。倒也不必为今日的不如意假想出一种过去的美好。我们不像克洛岱尔那样不食上海的人间烟火，也不像尤恩和克莱芒丝兄妹那样喜欢“超现代”的上海——他们如东道主一般向我们热情介绍这座两年前我们还很陌生且如今依旧陌生的城市。秀山、重庆、北京、巴黎、上海，在折返的空间里月迷津渡;历史、当下、自我、他者、爱情，在重现的时光中今夕何夕。

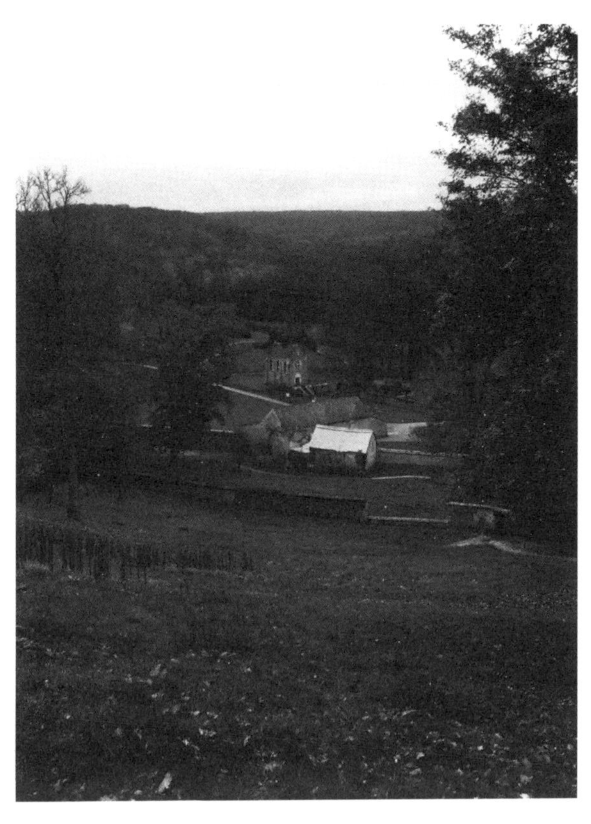

巴黎郊区的王港修道院。

图书在版编目（CIP）数据

今晚出门散心去 / 田嘉伟著.--上海：上海社会科学院出版社，2024. --ISBN 978-7-5520-4545-1

Ⅰ. I267.1

中国国家版本馆 CIP 数据核字第 2024MS0423 号

今晚出门散心去

著　　者：田嘉伟
责任编辑：刘欢欣　包纯睿
书籍设计：左　旋
出版发行：上海社会科学院出版社
上海顺昌路 622 号　邮编：200025
电话总机：021-63315947　销售热线：021-53063735
https://cbs.sass.org.cn　E-mail：sassp@sassp.cn
照　　排：重庆樾诚文化传媒有限公司
印　　刷：上海盛通时代印刷有限公司
开　　本：787 毫米 × 1092 毫米　1/32
印　　张：9.5
字　　数：161 千
版　　次：2024 年 11 月第 1 版　2024 年 11 月第 1 次印刷

ISBN 978-7-5520-4545-1/I · 555　　定价：64.00 元